Antholgie des Schicksals

Von Diana Zirnstein

Antholgie des Schicksals

Geschichten die das Schicksal schreibt

Von Diana Zirnstein

Inhaltsverzeichnis

1. 1.Auflage, 2010

© März Alle Rechte vorbehalten.

Herstellung und Verlag:

BoD- Books on Demand, Norderstedt

ISBN: 978-3-7504-9523-4

Für die Ewig-
keit

Ein zarter Hauch

Wie jeden Morgen weckte Sams Mutter ihn mit einem Kuss auf die Wange.

»Guten Morgen, Schatz. Zeit für die Schule«, sie zog die Vorhänge auf und ging wieder in die Küche.

»Mum, lass das. Ich will nicht mehr geküsst werden.«, er zog seine Decke wieder über den Kopf. Die vierte Klasse wartete auf ihn, doch er hätte sie gerne länger warten lassen.

Seine Mutter machte unten das Frühstück fertig, während er sich anzog.

Mühsam bewegte er sich Richtung Küche, die Treppen runter. Er hatte keine Lust auf Schule, aber welcher Zehnjährige hatte das schon. Sam setzte sich an den Küchentisch und schaufelte seine Cornflakes in sich rein.

»Dein Vater holt dich nach der Schule ab, also lauf nicht wieder vorher los«, erklärte ihm seine Mutter. »Und nimm deine Hand vom Kopf beim Essen.«, sagte sie genervt davon, dass sie es ihm schon gefühlte tausend Mal gesagt hatte.

Nach dem Essen stand er auf und nahm seine Schulsachen.

»Ich geh los Mum.«, sagte er und machte sich auf den Weg zum Schulbus, der immer vor seinem Haus hielt. Mit großen Abstand stellte er sich von den anderen Jungs weg. Dennis Mitchell und Thomas

Collin, waren nicht gerade das, was man seine Freunde nannte. Sie hatten es immer auf ihn abgesehen und wollten sein Mittagsgeld. Sie waren damit beschäftigt ein anderes Kind zu schikanieren und Sam hoffte, er würde heute mal davonkommen. Dennis sah zu ihm rüber und grinste ihn fies an.

»Denk dran, du bist auch noch dran, Wilkons.«, sagte er voller Vorfreude darauf ihn ärgern zu können.

Als der Bus kam, stieg er ein und setzte sich ganz nach hinten. Er nahm sein Batman-Comicheft aus seinem Ranzen und versteckte sich dahinter. Die anderen Jungs versuchte er gekonnt zu ignorieren. Seine zurückhaltende Art provozierte die anderen immer dazu, ihm zu schikanieren. Streber war nur eines der Worte, die er ständig hörte.

Im Klassenraum setzte er sich still an seinen Platz und wartete auf seine Lehrerin, der Platz neben ihm war wie immer leer. Seit dem Susann Miller weggezogen war, saß da niemand mehr. Miss Connor war heute spät dran, als sie mit einem fremden Mädchen an ihrer Seite in die Klasse kam, erklärte sich ihre Verspätung.

»Setzt euch hin. Ich möchte euch eure neue Klassenkameradin vorstellen.« Sie sah zu dem Mädchen rüber.

»Das ist Amy Johnson. Sie ist aus Wisconsin hergezogen« sie deutete auf den leeren Platz neben Sam und forderte sie auf, sich zu setzen. Sams Blick wandert rüber zu Amy, die eingeschüchtert und traurig wirkte.

Bisher hatte er kein Interesse an Mädchen gehabt, aber Amy hatte etwas an sich, dass er faszinierend fand. Sie trug ihre langen gelockten Haare offen und nur ein rosa Haarband verzierte ihre Haare. Kein Lächeln war bis jetzt auf ihren Lippen zusehen. Sie sah einfach nur traurig zu Tafel und folgte den Unterricht.

»Sam konzentrier dich bitte auf den Unterricht. Du kannst später mit Amy reden, wenn du willst.«, erklang die Stimme von Miss Connor. Sam wurde rot, als alle Mitschüler auf ihn starten. Am liebsten wäre er im Erdboden versunken.

In der Hofpause suchte Sam sich eine friedliche Ecke, um sein Comic weiter zu lesen. Als er sah wie Dennis und seine Freunde vor Amy standen und ihr den Ranzen wegnehmen wollten.

»Gib mir dein Ranzen, ich will dein Mittagsgeld Neue.«, er zog an ihrer Tasche und schubste sie weg. Amy fiel weinend zu Boden und die Kinder lachten sie aus. Sam rannte hin und rempelte Dennis mit Absicht an, er wollte nicht, dass Amy geärgert wird. Sie tat ihm leid, aber vor allem war er es leid, zu sehen, wie Dennis andere ärgerte.

»Leg dich mit einem in deiner Größe an, Vollidiot«, schubste er Dennis weg.

»Was willst du denn jetzt Wilkons?«, fragte Dennis verwundert über Sams Aktion. »Machst du jetzt einen auf Beschützer für kleine Mädchen?« Dennis lachte Sam aus und schubste ihn wieder weg.

»Lass sie einfach in Ruhe.«, stieß Sam ihn wieder weg. Dennis holte mit der Faust aus und schlug Sam ins Gesicht. Amy schrie im Hintergrund um Hilfe und von Weitem hörte man Kinder rufen.

»Ja ja prügelt euch.«

Sam lag auf den Boden und Dennis wollte gerade auf ihn treten, als er von dem Direktor Mr. Cloud daran gehindert wurde. Er zog Dennis von Sam weg und sah ihn grimmig an.

»Was soll das hier wieder Dennis?«

»Tut mir leid. Mr. Cloud.«
Beschämt sah Dennis auf den Boden.

»Du solltest dich bei den anderen entschuldigen, nicht bei mir.«, erklärte er ihm. »Ich werd deine Eltern anrufen müssen. Und ihr geht jetzt in eure Klassenräume.« Mr. Cloud sah in die Runde, um ihn herum hatten sich eine Menge Kinder versammelt.

Sam stand auf und fasste sich schmerzerfüllt an den Kopf.

»Geht es dir gut?«, erklang die schüchterne Stimme von Amy hinter ihm. Er sah hinter sich und lächelte sie an. »Danke für deine Hilfe.«

»Ja geht schon. Sind deine Sachen heil geblieben?«, er hob ihre Tasche auf und gab sie ihr. Sie schienen in

Ordnung sein. Amy bedankte sich bei Sam für seine Hilfe.

»Lass uns reingehen.«, schlug Amy vor.

Nach der Schule holte ihn Sams Vater ab und er verabschiedete sich von Amy mit einem Lächeln an der Straße.

»Ist sie neu ?«, fragte sein Vater.

»Ja sie heißt Amy.«, er lächelte ihr zu und winkte.

»Junge was hast du denn angestellt. Dein Auge sieht ja schrecklich aus.«, stellte sein Vater fest, als er ihn genauer ansah.

»Ich hab Amy vor Dennis beschützt.« Er wusste nicht, ob sein Vater wütend oder erfreut seine würde. Sein Vater startete den Motor und fuhr los.

»Dieser Dennis lernt es wohl nie. Na ja, wir werden ein Steak drauflegen und es kühlen, das wird schon wieder.«, er lächelte.

Zuhause ging ihm Amy nicht mehr aus dem Kopf. Sie wirkte immer so traurig und Sam wollte herausfinden, warum das so war.

Amy saß mittags in der Kantine immer alleine, Sam wollte das ändern. Er sah wie Amy in ihrem Essen rumgestocherte, und beschloss sich zu ihr zu setzen. Außenseiter müssen zusammen halten, dachte er sich.

»Hi,«, er setzte sich ihr gegenüber und lächelte sie an.

»Hi.«, erwiderte sie.

»Warum isst du alleine?«, fragte er nach. Sie zuckte mit den Schultern.

»Weiss nicht. Es will keiner neben mir sitzen. Und ich hab dann meine Ruhe.«, antwortete sie. »Ich hab bemerkt, dass du immer so traurig guckst.«, sagte Sam.

»Ich bin ja auch traurig. Meine Mutter ist vor ein paar Monaten an Krebs an Krebs gestorben, und wir sind dann umgezogen.« Sam war geschockt von ihrer Geschichte, aber er konnte sie verstehen. Letztes Jahr verstarb seine Grandma und er hatte eine gefühlte Ewigkeit gebraucht darüber hinweg zukommen.

»Das tut mir leid. Ich weiß, wie das ist. Meine Grandma ist letztes Jahr gestorben.«, er wollte sie trösten und für sie da sein.

»Aber weißt du, was mir geholfen hat? Ich hab oft von ihr geträumt. Sie hat mir erzählt, dass sie immer bei mir ist.«

»Glaubst du das, das stimmt?«, wollte sie wissen.

»Ja ich spüre sie manchmal, wenn ich schlafe. Ich glaube sie besucht mich.«, erklärte er Amy.

»Das klingt schön. Danke.«, sie lächelte ihn an und fühlte sich schon besser.

Die Jahre verflogen und Amy und Sam wurden Freunde. Sie gingen durch dick und dünn. Immer wenn es Amy schlecht ging, war Sam da, um sie zu stützen.

Amy war bei den Jungs sehr beliebt, und einige dachten, sie wäre leicht zu haben. Sie hatte ihr erstes Date mit John Mc Saint, einen Weiberhelden, der öfter mal mit seinen Eroberungen in der Jungsumkleide prallte. Amy sollte sein nächstes Opfer sein. Sam hatte ein schlechtes Gefühl dabei, als sie ihm von Johns Einladung erzählte. Er warnte sie vor, was er für einer war, sie tat es als Eifersucht ab und ging auf das Date.

Am nächsten Tag erzählte sie Sam, dass er versucht hat sie zu vergewaltigen, und bei Sam brannte die Zündschnur durch. Er fing John auf den Flur am Eingang ab, als er grinsend und überdreht vom Kiffen reinkam. Sam schmiss seinen Rucksack hinter sich, krempelte seine Ärmel hoch und ballte seine Fäuste. Bevor John Luft holen konnte, schlug Sam ihm ins Gesicht. John lag jammernd auf den Boden, und Sam trat noch mal mit dem Fuß nach. Der Direktor kam und nahm beide mit in Büro. Sam bekam eine Verwarnung und John eine Anzeige wegen versuchter Vergewaltigung. An diesem Tag beschloss Sam, dass er Anwalt werden wollte.

An einem Tag kam Amy traurig zu Schule und Sam sprach sie drauf an.

»Was ist los?«, er sah sie besorgt an.

»Jessicas Bruder Jakob hatte einen Unfall. Er ist tot. Sie ist völlig fertig.« Die Tränen liefen ihr runter und sie schluchzte. Sam nahm sie in den Arm und beruhigte sie.

»Das tut mir so leid.« Er wusste, wie es Amy ging, und Amy wusste, wie es Jessica ging. Sie wollten beide für sie da sein.

Eine Weile kam Jessica nicht in die Schule, aber Sam und Amy besuchten sie jeden Tag und waren auf der Beerdigung von Jakob. Jessica erzählte später, dass sie das Gefühl hatte, ihr Bruder war da. Das tröstete sie und es ging bald besser.

In Sam keimten immer wieder Gefühle für Amy auf. Er wollte bald nicht mehr nur eine Freundschaft mit ihr, doch er hatte Angst, dass sie seine Gefühle nicht erwidern würde. Doch auch in Amy wahren Gefühle für Sam vorhanden. Immer wieder warfen sie sich flirtende Blicke im Unterricht zu. Keiner von beide traute sich, den ersten Schritt zu machen. So ging das einige Monate, bis der Abschlussball kam.

Sam wollte Amy zum Abschlussball einladen und besorgte dafür extra ein Gesteck für ihr Handgelenk. Er war aufgeregt und freute sich zugleich. An diesem Abend wollte er ihr auch seine Liebe gestehen.

Als er Amy in der Schule an ihrem Spind traf, wollte er sie fragen.

»Hey Schönheit. Darf ich dich was fragen?«, er lächelte sie fragend an.

»Spinner. Aber ja du darfst.« ‚sie wurde rot und lächelte zurück.

Er liebte dieses süße Lächeln von ihr, es wärmte sein Herz und ließ es schneller schlagen.

»Begleitest du mich zum Abschlussball?«, fragte er nervös und sah sie erwartungsvoll an. Amy zögerte nicht lange mit ihrer Antwort.

»Ich dachte, du fragst nie. Ja klar begleite ich dich.« Sie strahlte ihn an.

Sam Herz klopfte schneller.

»Super. Ich freu mich drauf. Du wirst sicher überwältigend aussehen.« Sie war für ihn immer wunderschön. Seit dem Tag, als sie an der Schule neu war.

Der Abend des Balls war gekommen. Sams Vater half ihm, einen passenden Smoking zu finden. Das Gesteck für Amy lagerte er solange im Kühlschrank. Sam war aufgeregt, es war ein bedeutender Abend in vielerlei Hinsicht.

Er atmete tief durch und verließ sein Elternhaus. Was wenn Amy anders als er fühlte, und er mit seinem Geständnis ihre Freundschaft zerstören würde. Er hatte Angst vor ihrer Reaktion, doch er musste es ihr sagen.

Er fuhr mit dem Auto seines Vaters zu Amy und holte sie pünktlich achtzehn Uhr ab. Als er sie in ihrem zarten rosa Kleid sah, klopfte sein Herz schneller und er lächelte sie an.

»Wow«, rutschte ihm raus, als er sie strahlend schön vor sich sah. »Du siehst wunderschön aus.«

Amy wurde rot.

»Danke du siehst aber auch sehr gut aus.«

Sie stiegen ins Auto und fuhren los.

Sie betraten die Halle, die für den Abschlussball hergerichtet war, dort sahen alle ihre Mitschüler beim Tanzen und Plaudern.

»Darf ich dich um diesen Tanz bitten?«, fragte Sam Amy mit ausgestreckter Hand.

Sie lächelte ihn an und erwiderte;

»Natürlich«, sie gab ihm seine Hand und ging mit ihm auf die Tanzfläche. Es wurde ein ruhiges Lied gespielt, was beide zu einem engen Tanz brachte. Sam zog Amy mit einem tiefen Blick in ihre Augen zu sich ran, nahm ihre Linke Hand in seine Rechte und umfasste mit seiner linken Hand sanft ihre Taille.

»Du siehst wirklich zauberhaft heute aus.«, flüsterte er ihr ins Ohr.

Amys Herz schlug plötzlich schneller. Sie liebte es, wenn er ihr Komplimente machte. Aber heute Abend fühlte es sich anders an, wenn er das tat. Seine Blicke waren tiefer und wie er es sagte, klang ehrlicher und gefühlvoller als sonst. Sie sahen sich beide lange in die Augen und kamen sich immer näher, bis sich ihre Lippen berührten und sie sich küssten. Sie schlossen ihre Augen und vergaßen alles um sich herum. Als die Musik aufhörte zu spielen, lösten sie sich voneinander und sahen sich an. Sam wusste, das ist der Moment, in dem er ihr sagen musste, was er für sie empfand.

»Amy ich muss dir etwas sagen.« Er nahm seinen Mut zusammen und wollte ihr alles sagen.

»Psst. Sag nichts. Ich weiß schon. Mir geht es genauso.«, sie legte einen Finger auf seine Lippen und hielt ihn davon ab weiter zureden. Stattdessen küsste sie ihn noch mal.

»Amy. Ich sag es dir trotzdem. Ich liebe dich.«, er war erleichterte darüber, dass es Amy genauso wie ihm ging.

Nach der Highschool gingen beide auf das gleiche College, sie waren unzertrennlich.

Hochzeit

Als beide das College beendet und einen Job in Aussicht hatten, beschloss Sam, um Amys Hand anzuhalten. Er plante alles genau. Amy liebte die Romantik. Sam befasste sich schon Wochen vorher damit, was ihr Herz berühren würde. Sie liebte das Wasser und romantische Musik. Er organisierte einen Violinisten und einen Kellner nur für sie beide. Es sollte alles perfekt sein. Den Ring hatte er schon einige Monate vorher gekauft.

Amy ahnte von alledem nichts. Sie fing gerade erst ihren neuen Job, in einer Werbeagentur an, und lebte sich in New York ein. Sam wohnte nicht weit von ihr und sie besuchten sich regelmäßig und gingen Essen oder ins Kino.

Heute lud Sam, Amy zum Essen ein. Es sollte der Tag des Heiratsantrags werden. Amy sollte zum Sonnenuntergang am Hafen sein. Er wartet dort auf sie. Als sie ankam, traute sie ihren Augen nicht. Sam stand in Smoking und mit Rosen, an einen Tisch mit Kerzen und fertig gekochtem Essen vor ihr. Neben ihm ein Kellner und ein Koch, sowie ein Violinist, der eine schmeichelnde Melodie spielte. Amy wusste nicht genau, was sie sagen sollte, sie war überwältigt vom Anblick, der sich ihr bot. Sam aber hatte sich schon alles genau überlegt.

Er hielt ihr die Hand hin und zog sie zu sich. Dann kniete er sich vor sie, hielt eine kleine Ringschachtel in der Hand, in dem ein Diamantring heraus schaute und sprach seinen überlegten Antrag aus. Er hoffte, ihm würden alle Worte einfallen und er könnte es so erklären, was er empfand. So nervös war er noch nie.

»Amy, wir kennen uns nun schon seit der Grundschule, und wir wussten, dass wir zusammengehören. Ich liebe dich, seit ich dir das erste Mal begegnet bin. Nur hab ich dir das damals nicht sagen können. Du bist meine Welt und mein Leben. Ohne dich kann ich nicht essen, schlafen und denken. Darum frag ich dich: Willst du meine Frau werden?«, er hatte Tränen in den Augen, als er das sagte, und sein Herz schlug ihm bis zum Hals. Amy sah ihn sprachlos und den Tränen nah an.

»Ja, ich will, ja ich will!«, sagte sie mit zitternde Stimme. Er stand auf und steckte ihr den Ring an den Finger und sie küssten sich innig, während die Sonne langsam am Horizont unterging. Sie aßen ihr Essen und genossen die Wärme des Sommerabends bei Kerzenlicht.

Dann fuhren sie mit einem Taxi nach Hause, zu Sams Wohnung und verbrachten eine wunderschöne Nacht miteinander. Am nächsten Morgen mussten beide wieder arbeiten, und der Alltag begann. Sam stand auf und ihm war etwas schwindelig, als er hochkam. Er schob es aber auf den Wein vom

Abend. Nach ein paar Minuten ging es ihm wieder besser, und er zog sich an, während er Amy dabei zusah, wie sie schlief. Er ging in die Küche und machte Frühstück. Pancakes und Cornflakes, Amys Lieblingsfrühstück. Die Vorstellung, jeden Morgen neben ihr aufzuwachen, sorgte für ein Lächeln auf sein Gesicht. Als Amy den Kaffee roch, wurde sie wach, und räkelte sich langsam im Bett. Dabei fiel ihr der Ring am Finger auf. Langsam realisierte sie, dass es kein Traum war, sie war verlobt. Amy musste lächeln, als sie an den gestrigen Abend dachte. Langsam stieg sie aus dem Bett aus, und nahm sich ihren Morgenmantel vom Stuhl, der neben dem Schlafzimmerfenster stand. Sie zog ihn an, und ging zu Sam in die Küche. Er war so beschäftigt, dass er gar nicht mitbekam, das sie hinter ihm stand. Sie schlich sich an ihm ran, und hielt ihm die Augen zu. Er berührte sanft ihre Hände, drehte sich zu ihr um, umarmte sie und küsste sie leidenschaftlich.

»Wie war deine Nacht, meine bezaubernde Verlobte?« Sie lächelte ihn an und sagte:

»Die Nacht war kurz, aber schön.«

Sie aßen Frühstück zusammen und zum Abschied gab es einen Kuss und jeder ging erst mal zur Arbeit. Amy musste den ganzen Tag über, auf der Arbeit an die letzte Nacht und den letzten Abend denken. Sie würden bald heiraten. Insgeheim machte sie sich schon Gedanken darüber, wie ihr Kleid aussehen sollte, und die Location und wen sie alles einladen würde. Es gab so viel zu planen und sie hatte so wenig Zeit. Ihr Kopf steckte voll in der Arbeit. Später musste sie unbedingt klären, wann genau sie heiraten wollen. Sie hatte keine Ahnung, was die Zukunft bringen würde, aber sie war jetzt aufgeregt. Sam erzählte auf der Arbeit seinen Arbeitskollegen, wie toll alles gelaufen war. Er würde seine Traumfrau heiraten, die er, seit seiner Kindheit liebte. Wenn es nach ihm gehen würde, würde er sofort heiraten, doch er wusste genau Amy würde das nicht so wollen. Sie war die Romantik in Person und so sollte auch Ihre Hochzeit werden. Zum

Glück hatte Sam schon vorher lange gespart für diesen Tag. Sein Handy piepste und es blinkte eine Nachricht von Amy auf:

»Hey Schatz, ich bin so aufgeregt wegen der Hochzeit. Ich möchte gerne wissen, wann genau wir heiraten? Hast du schon eine Idee?«. Er liebte es, sie glücklich zu machen. Sam schrieb zurück:

»Wann immer du es möchtest, Schatz!« Als Amy das las, strahlten ihre Augen gleich noch mehr. Sie wollte nicht zu lange warten, also schrieb sie:

»Wie wäre es in drei Monaten? Herbst ist eine ausgezeichnete Jahreszeit zum Heiraten«. Sie stellte sich vor, wie die Fotos aussehen würden. Draußen im Park, überall goldene Herbstblätter. Sie hatte schon wieder Schmetterlinge im Bauch. Sam antwortete:

»Also Oktober soll es sein. Dein Wunsch wird erfüllt.«. In den nächsten Wochen wurde alles durchgeplant. Amy hatte ihr Kleid, mit ihren Freundinnen Jessica und Zoe, ausgesucht, in dem Brautladen, an dem sie schon als Kind vorbei gegangen war, und von ihrer Hochzeit geträumt hat.

Sie traf sich dort mit Jessica und Zoe da. Die Verkäuferin bemühte sich, Amys Geschmack zu treffen, und zeigte ihnen einige verschiedene Modelle.

»Ich kann es kaum glauben, bald wirst du Mrs. Amy Wilkons sein. Das ist so aufregend.«, freute sich Jessica für Amy. Die Verkäuferin brachte ihnen ein Tablett mit Sekt und fragte, ob sie etwas brauchten. Amy zog sich währenddessen in der Umkleidekabine das nächste Kleid an. Die Assistentin der Verkäuferin half ihr beim Schnüren des Korsetts und machte ihr die Haare zurecht.

Sie trat aus der Kabine vor dem Spiegel und bestaunte das weitausgeschnittene Brautkleid. Umhüllt von Spitzen und etwas Tüll, und schulterfrei, genauso stellte sie sich ihr Kleid vor.

»Du siehst aus wie eine Prinzessin«, stellte Zoe fest.

»Das ist es. Das ist mein Kleid.«, sagte Amy mit einem Strahlen im Gesicht.

Auch die Location stand schon fest. Eine Kirche im Hudson Valley war das auserwählte Objekt. Der Oktober nahte und die Wochen verflogen nur so. Beide Familien wurden eingeladen, es waren etwa rund 100 Gäste geladen.

Eine Woche vor dem Hochzeitstermin, gab es noch einmal Probe in der Kirche. Amy, Sam, der Pfarrer Proud und die Trauzeugen trafen sich dort, um alles einmal durchzugehen. Sam stand am Altar mit seinem Trauzeugen Eric, einem Freund aus der Highschool. Amys Trauzeugin Jessica wartete ebenso am Altar.

Der Pfarrer erklärte genau die Abläufe und sie gingen alles durch. Sam fühlte sich nicht wohl, immer wieder massierte er seine Schläfen, und ihm war leicht schwindlig.

»Hey Schatz, alles in Ordnung mit dir?«, fragte Amy besorgt.

»Es geht schon. Ich habe nur etwas Kopfschmerzen, und bin müde.«, er hatte stechende Kopfschmerzen, aber wollte nicht als Weichei dastehen.

Der Pfarrer meinte, dass sie durch wären, und gehen könnten. Als Sam einen Schritt auf Amy zu machen, wollte, schwankte er etwas, und wäre fast gestürzt, wenn Eric ihm nicht gehalten hätte. »Junge. Sam. Du solltest mal etwas ausschlafen. Ab nach Hause, ich fahr euch.« Eric nahm die Autoschlüssel und begleitete beide zum Auto. Zuhause legte er sich sofort ins Bett und schlief ein. Amy unterhielt sich inzwischen mit Eric.

»Sam macht mir Sorgen. Er hat zu Zeit öfter solche Kopfschmerzen und Schwindelanfälle. Er meinte, es kommt vom Stress auf der Arbeit. Meinst du, dass ihm vielleicht Arbeit und Hochzeit zu viel wird?« Eric erklärte ihr, dass ihm das schon aufgefallen ist, und er Sam im Auge behalten wird.

Ein paar Stunden später wachte Sam auf, es ging ihm schon besser. Inzwischen war Eric gegangen, und Amy machte Vorbereitungen für das Abendessen. Sie war vor ein paar Wochen bei Sam eingezogen. Ihre Wohnung war für zwei zu klein und Sam hatte mehr Platz. Er genoss es, sie in ihrer Nähe zu haben.

Er stand auf, und ging in die Küche.

»Na Schatz. Wie geht es dir jetzt?«, fragte Amy ihn mit besorgter Miene. Sam versicherte ihr, dass es ihm wieder besser geht, und er sich erst mal auf das Abendessen freut. Er musste ihr versprechen besser auf sich aufzupassen. Dann legte seine rechte Hand auf sein Herz, und versprach ihr das zu tun. Das Essen war fertig, Amy deckte den Tisch und sie aßen gemeinsam zu Abend. Nach dem Essen setzen sie sich vor dem Fernseher und schauten sich gemütlich einen Film an. Amy war so müde, dass sie in den Armen von Sam, auf dem Sofa einschlief. Sam nahm sie langsam auf den Arm und brachte sie ins Bett. Dadurch, dass er schon geschlafen hatte, war er nicht müde, also sah er weiter fern. Doch ihm holte der Schlaf beim Fernsehen wieder ein, und er schlief bis zum nächsten Morgen.

Die nächsten Tage vergingen schnell, und der Tag der Hochzeit war gekommen. Die Familien von beiden versammelten sich schon so langsam vor der Kirche. Das Wetter war perfekt. Die Sonne schien, und es war schon 10 Uhr morgens. Amy bereitete sich in einem Zimmer der Kapelle vor. Ihre Freundin Jessica war bei ihr und versuchte ihr die Nervosität zu nehmen. Amy war nervös, und sorgte sich gleichzeitig um Sam. Sie hatte Angst, dass er wieder umkippen könnte bei dem ganzen Stress. Aber Sam ging es gut.

Er freute sich darauf ein Leben lang mit Amy, seiner Traumfrau, zusammen sein zu können. Er war stolz darauf, am Ende des Tages sagen zu können, dass sie seine Frau war. Der weiße Hochzeitsanzug saß perfekt auf seinen gut durchtrainierten Körper. Sein wöchentliches Training im Fitnessstudio zahlte sich aus. Eric steckte ihm die rote Rose in das Knopfloch der Serviettentasche und sprach ein paar Worte mit ihm,

»So, Kumpel, jetzt ist es perfekt. Am Altar kommt gleich deine Zukünftige, also reiße dich zusammen und falle nicht über deine Schnürsenkel.«, grinste er Sam frech an und klopfte ihm auf die Schulter.

»Sehr witzig, Eric.« Sam ging es gut, er machte sich bereit, und ging zum Altar. Lächelnd stand er vor der Hochzeitsgesellschaft und wartete mit Eric auf Amy. Amy war bereit und ging mit Jessica zu ihrem Vater, der am Eingang der Kapelle, in seinen schicken Smoking, den er zuletzt bei seiner eigenen Hochzeit trug, auf sie wartete. »Hey Kleines, du siehst wunderschön aus. Bist du glücklich? Ich muss das fragen, ich bin dein Vater, wir können immer noch flüchten.«, lachte ihr Vater sie an. Er war schon immer ein Scherzkeks, aber er mochte Sam und merkte, dass er sie glücklich machte.

»Ja, Daddy, ich bin sehr glücklich.«, sie lächelte ihn mit ihrem unschuldigen Mädchenlächeln an, dass er so liebte.

»Nun denn. Dann wollen wir dich mal in deine Zukunft geleiten.«, sagte er lächelnd zu ihr. Langsam gingen sie den Gang entlang, während die Musik spielte. Amy sah sich um, und sah überall glückliche Menschen, alle freuten sich für sie. Am Ende des Gangs, am Altar standen Sam, Eric und Jessica mit dem Pfarrer. In Sams Augen konnte man sehen, wie überwältigt er von ihrem Anblick war. Amy war für ihn die schönste Frau auf dieser Welt.

Die Herzen beider schlugen schneller. Der Pfarrer begrüßte beide herzlich und fragte dann:

»Wer gibt diese Frau, Sam Wilkons zu Frau?« Amys Vater, Mr. Johnson trat vor.

»Ich gebe dir, Sam, meine Tochter Amy zu Frau. Pass gut auf sie auf, sie ist das Wertvollste, was ich habe.«, das sagte er nicht nur so, es war so.

»Das werde ich, sie ist auch für mich das Wertvollste in meinen Leben.« Versprach Sam ihn. Amy wurde rot und lächelte bei ihren Worten.

Der Pfarrer räusperte sich kurz, um dann seine Rede zu halten.

»Liebe Anwesenden, Familie und Freunde. Heute ist ein wunderschöner Tag zum Heiraten. Sam und Amy haben sich schon früh gefunden. Gott hat beide füreinander bestimmt.« Er sah beide zufrieden an und lächelte.

»Wir sind hier zusammengekommen, um diese Frau und diesen Mann im Schoß Gottes zu vereinen. Gibt es hier irgendjemanden, der etwas gegen diese Ehe einzuwenden hat? Wenn ja, dann möge er jetzt sprechen oder für immer schweigen.« Jeder schaute den anderen an, aber es kam nichts.

»Dann frage ich dich Sam Wilkons, willst du die hier anwesende Amy Johnson, zu deiner von Gott auserwählten und angetrauten Ehefrau nehmen, sie lieben und ehren, in gesunden und kranken Tagen, und in guten sowie schlechten Zeiten? Dann antworte mit: Ja ich will.« Er sah Amy an und sagte:

»Ich werde dich lieben und ehren, egal was passiert, ich werde immer bei dir sein. Ja ich will.« Amy liefen die Tränen runter vor Rührung.

»Amy Johnson, willst du, den hier anwesenden Sam Wilkons, zu deinen dir von Gott auserwählten und angetrauten Ehemann nehmen, ihn lieben und ehren, in gesunden und kranken Tagen und guten und schlechten Zeiten dann antworte mit: Ja ich will.«, Amy sah Sam mit Tränen in den Augen an. Mit Liebe im Herzen und voller Überzeugung und sagte sie.

»Ja natürlich will ich.« Der Pfarrer erklärte beide zu Mann und Frau. Sie küssten sich lang und innig, die Welt schien still zu stehen in diesen Moment. »Was Gott vereint hat, soll der Mensch nicht trennen. Hier sind Mr. und Mrs. Wilkons.«, erklärte der Pfarrer. Nach dem Kuss drehten sie sich zu ihren Familien und Freunden um, und alle applaudierten.

Nun waren sie endlich verheiratet und der Stress der letzten Wochen war vergessen.

Die Feier nach der Trauung war einfach nur pure Partystimmung. Alle tanzten und feierten ausgeglichen. Amys Vater scherzte und tanzte mit Sams Mutter. Amy und Sam tanzten verträumt miteinander und sahen sich verliebt an. Dieser Tag gehörte ihnen.

Amy ahnte nicht, dass Sam sich für sie eine ganz besondere Überraschung ausgedacht hatte. Sie verabschiedeten sich von der Party und Sam entführte Amy mit verbundenen Augen in seinem Auto. Amy liebte seine Überraschungen, und deshalb ließ sie es einfach geschehen. Egal was er vorhatte, es würde ihr sicher gefallen. Sie fuhren vierzig Minuten, bis sie ankamen. Die Fahrt über, fragte Amy immer wieder nach, was die Überraschungen ist, und ob sie noch lange warten musste. Sie malte sich aus, was es sein könnte. Eine Hochzeitsreise? Sam lächelte sie immer nur an, das konnte sie aber nicht sehen, dank der Augenbinde. Aber er genoss ihre Neugier, und streichelte ihr Knie aufmunternd, während er ihr sagte.

»Warte einfach ab Süße.« So sehr sie auch seine Überraschungen liebte, genauso ungeduldig war sie.

Als sie ankamen, öffnete er ihr die Autotür, nahm sie an die Hand und führte sie langsam zu der Überraschung.

»So, Schatz du kannst jetzt die Augenbinde abnehmen.« Genau das tat sie, sie war schon gespannt auf die Überraschung, aber was sie dann sah, übertraf alles, was sie sich vorstellen konnte.

Sie standen vor einem Haus, mit einem Vorgarten und einer Garage. Amy musste erst mal nach Luft schnappen.

»Was soll das? Das ist das Haus, wovon ich dir erzählt habe?« Amy war vor einigen Jahren schon einmal dort gewesen. Bei Freunden zu Besuch. Sie träumte davon, einmal hier zu wohnen. Und jetzt standen sie hier vor ihrem neuen Zuhause. Sam lächelte sie nur an und trug sie, wie es die Tradition so verlangte zum Haus, öffnete die Tür, nachdem er sie kurz absetzte, um sie dann über die Schwelle zu tragen. Es war schon alles eingerichtet. Amy traute ihren Augen nicht. Ein großes Banner hing im Flur mit dem Schriftzug:

»Willkommen Zuhause.«

Ihre Freunde hatten dafür gesorgt, dass überall Rosen lagen, um es dem Brautpaar so schön wie möglich zu machen. Sam setzte sie wieder ab und gab ihr einen leidenschaftlichen Kuss.

»Wie hast du das geschafft?«, fragte Amy überwältigt.

»Als du mir davon erzählt hast, war ich begeistert von der Idee, dir das

Haus zu kaufen. Und ich habe durch einen Freund erfahren, dass es seit ein paar Wochen leer stand. Also hab ich mein Erspartes zusammengekratzt und es gekauft. Und die Möbel hab ich heimlich besorgt und liefern lassen.« Amy war jetzt noch überraschter. Sam war immer für eine Überraschung gut.

»Weißt du was? Ich liebe dich!«, sie fiel ihm um den Hals.

»Ich weiß deshalb hast du mich eben geheiratet.«, grinste er sie an.

Sie wollte das Haus sehen, und war gespannt, wie Sam es eingerichtet hatte. Er führte sie herum. Alles war in einen hellen Farbton. Im Wohnzimmer hatte er dafür gesorgt, dass es Pflanzen gab. Er wusste, dass Amy es liebte sich, um Pflanzen zu kümmern, also durften diese nicht fehlen. Dann zeigte er ihr das Schlafzimmer, es war genauso, wie Amy es immer wollte. Ein großes Himmelbett, und an der Wand Bilder von Grand Canyon. Amy war als Kind mit ihren Eltern oft dort gewesen, und Sam dachte, es wäre eine schöne Idee diese Erinnerungen wach zuhalten. Nebenan war ein Badezimmer mit Dusche.

»Willst du das Bett ausprobieren?«, fragte Sam mit Hintergedanken. Er wollte die Hochzeitsnacht einläuten auf eine höfliche Art und Weise, um nicht zu plump zu wirken. Amy sagte mit einem leicht anzüglichen Lächeln zu. Sam hob sie auf das Bett und küsste sie dann zärtlich.

»Du bist Mein, solange ich lebe und darüber hinaus.«, flüsterte er ihr zu. Sie schloss die Augen und genoss jede seiner Berührungen.

Die Nacht verging zu schnell. Amy stand morgens um 10 Uhr auf und ging ins Bad, wieder mal überrascht, dass all ihre Sachen schon da waren. Ihr Morgenmantel, ihre Zahnbürste und sogar ihre Duschcreme. Sie zog sich aus und ging unter die Dusche. Im Gedanken ließ sie den letzten Tag und die Nacht Revue passieren. Sie war so glücklich und überall kribbelte es in ihren Körper. Als sie plötzlich Sams Aufschrei hörte und erschrak, lief sie mit einem Handtuch zurück ins Schlafzimmer.

»Was ist passiert?«, fragte sie sorgenvoll. Sam lag auf den Boden und hielt sich den Kopf.

»Alles gut, ich bin nur ausgerutscht.« Er wollte Amy nicht unnötig beunruhigen und verschwieg ihr den Schwindelanfall. Sie half ihm hoch und ahnte, dass mehr dahinter steckte, ließ sich aber nichts anmerken.

Sam kickte die Klamotten von Boden weg und meinte, die lagen einfach im Weg.

»Eigentlich wollte ich zu dir unter die Dusche kommen.« Er umfasste sanft ihre Taille und zog sie zu sich ran. Sie küsste ihn, drehte sich dann um und zog Sam mit ins Bad.

»Dann los.« Säuselt sie ihm zu.

Nach der Dusche gab es ein ordentliches Frühstück. Amy machte Pancakes, Eier und Speck. Ihr gefiel die Vorstellung ihm jeden Morgen Frühstück zu machen in der neuen Küche. Und irgendwann sogar Kinder zu haben, für die sie Kochen würde. Jetzt wo sie verheiratet waren, wurde es Zeit, wirklich bald über die Familienplanung nach zu denken.

Kinderwunsch

Amy und Sam waren schon ein paar Monate verheiratet und auch im Job lief es super. Als sie bei Eric zum Geburtstag seiner kleinen Tochter Emily eingeladen waren, wurde Amy immer öfter klar, dass in ihren Leben etwas Entscheidendes fehlte. Sam spielte die ganze Zeit mit Emily und hatte sichtlich Spaß dabei. Er konnte sich gut vorstellen, selbst eine kleine Tochter zu haben, und auch Amy erging es so. Beide sahen sich liebevoll an, während er mit der Kleinen spielte. Amy schmolz das Herz bei dem Anblick, wie er mit

Emily umging. Er wäre bestimmt der perfekte Vater. Eric konnte das nicht übersehen und fragte nach.

»Wann ist es denn eigentlich bei euch beiden soweit?«, beide sahen sich grinsend an, aber hatten keine Antwort darauf.

»Na ja irgendwann wird der liebe Gott euch auch ein kleines Wunder schenken.«, lächelte Eric beide an. In Amy aber wurde der Wunsch nach einem Kind wirklich schon immer deutlicher. Schon bald würde sie mit Sam darüber reden wollen.

Am nächsten Tag waren Amy und Jessica shoppen. Amy hatte frei und den Tag wollte sie mit ihrer Freundin verbringen. Seit der Hochzeit hatten sie sich nur noch wenig gesehen, und das holten beide jetzt nach. Sie erzählte Jessica vom letzten Abend und ihren Kinderwunsch.

»Weißt du Jess, ich finde, wir sollten einfach den nächsten Schritt machen. Eine Familie gründen.«, schwärmte Amy ihr vor.

»Meinst du, ihr beide seid schon bereit dafür?«, fragte sie Amy. Doch Amy war woanders mit ihren Gedanken als bei dieser Frage. Sie waren an einem Babygeschäft vorbeigegangen und Amy sah verträumt die Sachen in Schaufenster an. Sie stellte sich vor, wie es wäre ein Baby in den Armen zu halten und es zu wiegen. Den Duft eines neugeborenen Kindes einzuatmen. Ihrem Baby ein Gute-Nacht-Lied vorzusingen. »Hey. Erde an Amy. Bist du noch da?«, lachte Jessica.

»Ich seh schon, du bist mehr als bereit für ein Kind.« Amy musste lächeln.

»Ja bin ich auch. Und ich glaube Sam auch.«, sagte sie und malte sich ihre Zukunft mit Kind weiter aus. In den nächsten Wochen schweiften Amys Gedanken immer wieder zum Thema Kind. Sehnsüchtig sah sie Müttern mit ihren Kinderwagen in der Stadt hinterher. Wochenlang war sie der Meinung, sie müsste nun endlich mit Sam darüber reden. Aber fand keinen Anfang oder passenden Augenblick für das Gespräch.

Doch ihr Plan stand fest, sie wollte ein Baby mit Sam also plante sie eine Überraschung für Sam um es ihm schmackhaft zu machen, ohne das er Nein sagen konnte.

Am Abend als Sam wieder zu Hause war, erwartete ihn eine Überraschung. Er roch sofort, dass Amy gekocht hatte, sein Lieblingsessen, was sie nur kochte, wenn es was zu Feiern gab und oder er es verdient hatte.

»Okay Schatz, ich rieche Schmorbraten. Was ist los?«, fragte er sie neugierig. Er ging in die Küche und sah Amy in einem roten engen Abendkleid am Herd stehen. Die Haare sexy hochgesteckt drehte sie sich um und sagte:

»Nichts, darf ich nicht einfach mal so dein Lieblingsessen kochen. Nur, um dich zu verwöhnen?« Sie sah so sexy aus wie beim Abschlussball an der Highschool damals. Er konnte ihr unmöglich widerstehen, außerdem gab es Schmorbraten.

Während des Essens sah sie ihm immer wieder tief in die Augen. Amy wusste genau, was sie tat, und auch was sie wollte. Sie würde ihn verführen und dann Sam ihren Wunsch von einem Kind verraten.

»Oben wartet noch eine Überraschung auf dich, Schatz.«, säuselte sie verführerisch. Sam wusste genau, was das bedeutete. Amy war heute in Verführerlaune, das sollte er ausnutzen und genießen. Sie räumten beide schnell auf, Sam war gespannt, welche Überraschung da wohl kommen würde. Beide gingen hoch ins Schlafzimmer, Sam sollte im Bett auf Amy warten, sie wollte sich noch schnell umziehen.

Das Gleiche tat auch Sam in der Zeit. Schnell die Hose und das Hemd aus, das wird bestimmt heiß heute werden, so wie Amy drauf ist, dachte er sich. Amy war im Bad und zog sich Spitzendessous an. Sie war nervös und hoffte, dass ihr Plan aufgehen würde. Sie kannte Sam und wusste, wie er auf ihre Reize reagierte.

Amy kam mit einem sexy und verführerischen Blick in Richtung Sam aus der Badezimmertür und posierte aufreizend vor ihm. Sam wusste gar nicht, was los war, so kannte er sie gar nicht, aber es gefiel ihm. Sie krabbelte zu ihm ins Bett und streichelte Sam sanft über den Körper. Zärtliche Küsse folgten auf dem ganzen Körper, bis er anfing zu stöhnen. Amy wusste, wo er empfindlich war, dann flüsterte sie ihm leise zu.

»Schatz, ich wünsch mir was von dir.« Sam war schon hin und weg von ihren Liebkosungen, er würde jetzt alles tun, was sie wollte.

»Was immer du willst.«, stöhnte er, während er sie leidenschaftlich küsste. Amy fasste sich ein Herz, und sprach ihren Wunsch aus.

»Ich will ein Baby mit dir.« Sam zuckte kurz zurück und überlegte nicht lang. Auch eher dachte schon öfter darüber nach, und fand, dass es Zeit war, eine Familie zu gründen.

»Wirklich? Ok. Machen wir ein Baby.«, sagte er ganz überrascht. Amy glaubte nicht ganz, dass es wirklich so einfach war, ihm zu überzeugen.

»Wirklich? Ja.«‚sie fiel fast über ihn her. Von da an beschlossen sie, auf alle Verhütungsmittel zu verzichten.

Alle zwei Tage übten die beiden, Amy wollte unbedingt ein Baby, und Sam konnte ihr den Wunsch nicht abschlagen, er liebte sie über alles. Doch hatte er auch mit seiner Gesundheit zu kämpfen. Ihm plagten Kopfschmerzen, manchmal tagelang, und dann die Schwindelanfälle, die er ab und zu hatte. Er wollte Amy nicht unnötig beunruhigen und erzählte es ihr nicht. Sie freute sich auf ein Baby und kaufte Ovulationstests und nutzte Apps, um ihren Eisprung herauszufinden. Einen Monat übten sie schon, doch dann bekam sie ihre Periode und war enttäuscht. Sam munterte sie auf.

»Keine Sorge Schatz, es wird schon klappen, so schnell geht es eben nicht. Und außerdem macht Üben ja auch Spaß.«, grinste er frech.

Amy war gerade in ihrer Werbeagentur, als sie eine Mitteilung ihrer App erhielt, dass sie einen Eisprung hatte, sie schrieb Sam, dass sie heute Abend wieder üben müssen und es ein guter Tag wäre dafür. Er war einverstanden und freute sich darauf. Einerseits empfand er es als anstrengend, da sie nun schon fünf Monate versuchten ein Baby zubekommen, andererseits war er Amy gerne so nah. Amy wünschte sich so sehr ein Baby, dass ihr alles andere egal war. Und jedes Mal, wenn ihre Periode dann doch kam, war sie noch trauriger. Es brach Sam jedes Mal das Herz, wenn er sie so sah. Sie dachten darüber nach sich an einem Spezialisten zuwenden, und so gingen sie zunächst einmal zum Gynäkologen. Er untersuchte Amy, gründlich und nahm ihr Blut ab. Organisch war bei ihr alles in Ordnung. Und sie gingen wieder nach Hause, bis das Ergebnis der Blutuntersuchung kam.

Amy wurde zu Hause immer unruhiger, sie sollten drei Tage warten und dann wieder in die Praxis kommen. In der Praxis erklärte der Arzt, Amy dann etwas, was sie nicht hören wollte.

»So wie haben das Ergebnis ihrer Untersuchung. Und es sieht nicht so gut aus, wie wir gehofft haben.«, erklärte er.

»Was heißt das?«, fragte Amy besorgt.

»Das heißt, ihr Hormonstatus ist sehr durcheinander, und es ist schwierig, für sie schwanger zu werden und es zu bleiben, ohne eine Therapie.«, versuchte er den beiden begreiflich zu machen. In Amy brach eine Welt zusammen, sie fühlte sich hilflos und unnütz Kinder zu bekommen.

»Wir werden ihnen eine Hormontherapie verschreiben, und diese werden sie einige Monate durchhalten müssen.«, fuhr er fort.

Mit den Spritzen und der Anleitung gingen sie wieder nach Hause. Amy war noch immer wie geschockt. Vielleicht würde sie nie Kinder bekommen können.

»Amy das wird schon. Du machst die Therapie und stellen sich deine Hormone wieder ein.«, Sam versuchte, zuversichtlich zu sein.

Eine Weile später wurde Sam krank, und Amy vergaß ihre Sorgen. Sie wollte sich um Sam kümmern. Sam war eine Woche krank, musste sich auch übergeben und war dadurch auch oft launisch. Hinterher tat es ihm immer leid, dass er Amy so schlecht behandelte.

Als es ihm besser ging, wollte er es wieder gut machen, und Amy verwöhnen, er gab ihren Wunsch nach einem Baby nicht auf, also verführte er sie. Sie war dabei sehr entspannt, er massierte sie vorher, und sie ließ sich völlig gehen. Sie dachte überhaupt nicht daran, dass sie gleich Sex hätten und sie hoffentlich schwanger werden würde. Amy genoss einfach nur seine Berührungen. Und er genoss es, sie in Ekstase zu bringen. Sie verbrachten eine leidenschaftliche Nacht miteinander, so ausgiebig wie schon lange nicht mehr. Sie hatten endlich mal wieder miteinander geschlafen, ohne an den Kinderwunsch zu denken. Jedenfalls war das bei Amy so, Sam dagegen, hatte vorher gelesen, dass es hilft, wenn die Frau entspannt ist, und dafür hatte er gesorgt.

Die Hormontherapie sorgte manchmal für schlechte Laune bei Amy, ihre Gefühle spielten verrückt und sie wusste manchmal nicht mal, selbst was mit ihr los war.

Einige Wochen nach dem Sam krank war, wachte Amy auf und fühlte sich nicht wohl. Sie rannte auf die Toilette und übergab sich. Ihr war hundeelend, ihr Kreislauf spielte verrückt. Sie dachte, sie hätte sich jetzt den Magen-Darm-Virus von Sam eingeholt. Sie machte sich einen Tee und legte sich sofort wieder hin. Mit dem Handy rief sie auf Arbeit an, und meldete sich für die nächsten Tage krank. Immer wieder lief sie auf die Toilette und übergab sich. Dann wurde Sam wach, und wunderte sich, was eigentlich los war. Er ging ins Bad und hielt ihr die Haare hoch.

»Schatz was ist denn los? Bist du etwa krank?«, fragte er besorgt.

»Mir ist speiübel, und mir ist schwindelig, ich fühl mich überhaupt nicht gut.«, erklärte sie Sam, und hing schon wieder über der Schüssel. Sam dachte nach, Übelkeit, Kreislaufprobleme, das war verdächtig. Er sah sich im Bad um, er entdeckte nirgends Tampons, obwohl sie längst ihre Tage hätte bekommen sollen. Er kam zu dem Schluss, dass Amy womöglich schwanger sein könnte.

»Amy Schatz, sag mal hast du einen Schwangerschaftstest da?« Amy sah ihn verwirrt an, dann dämmerte ihr, was er meinte.

»Meinst du etwa? Ja oben im Schrank ist noch einer.«, meinte sie. Er nickte ihr zu und holte den Test raus.

»Mach ihn einfach, ich hab ein gutes Gefühl.«, lächelte er sie an. Amy vergaß ihre Übelkeit in dem Moment, nahm den Test und schickte Sam erst mal raus. Sie war nervös und hatte Angst. Sie zitterte am ganzen Körper. Als die Packung offen war, nahm sie einen Becher aus dem Schrank, setzte sich auf die Toilette, und pinkelte in den Becher, holte ihn dann wieder hervor und stellte ihn auf das Waschbecken.

Dann machte sie die Kappe vom Test ab und hielt die Spitze vom Test einige Sekunden lang in den Becher mit Urin. Sie schloss die Kappe und legte den Test auf den Sockel beim Spiegel hin. Amy atmete tief durch. Drei Minuten konnten so lang sein. Sam war auf der anderen Seite der Tür genauso aufgeregt. Aber alles deutete auf einen positiven Test hin. Er hatte es einfach im Gefühl, dass es diesmal geklappt haben musste.

Die drei Minuten waren um. Amy nahm zitternd den Test und schaute rauf. Ihr klopfte das Herz bis zum Hals.

»Jaaaa. Jaaa. Ich bin schwanger. Sam. Jaaa.«, entfuhr ihr ein Freudenschrei. Sie war total aufgeregt und erleichtert. Sam rannte ins Bad und umarmte sie.

»Hab ich doch gesagt Süße. Das hast du meinen Zauberhänden letztens zu verdanken.« Zwinkerte er sie an. Sie überlegte kurz, dann fiel ihr wieder die unglaublich schöne Nacht mit ihm ein.

»Wir werden endlich Eltern. Ich kann es noch gar nicht glauben.« Amy fiel ihm um die Arme und küsste ihn leidenschaftlich. Doch dann musste sie sich wieder übergeben, und rannte zu Toilette zurück.

Ein paar Stunden später, rief Amy bei ihrer Frauenärztin an, um einen Termin zu machen, der dann in der nächsten Woche stattfinden sollte. Amy war ganz euphorisch bis zu diesem Termin und mied einfach alles, was dem Baby schaden könnte, sie hatte extra vorher, Bücher gelesen Sam freute sich mit ihr, als endlich soweit war und der Termin anstand.

Die Ärztin begrüßte beide und bat Amy in die Umkleidekabine zur Untersuchung. Sie sollte sich auf den Stuhl setzen. Es war kein angenehmes Gefühl dort zu sitzen und Amy hatte immer noch Angst, dass etwas nicht stimmen könnte. Dann kam endlich der Ultraschall.

»Es ist noch sehr früh, mal sehen, was wir sehen können.«, erklärte die Ärztin. Sie suchte eine Weile auf dem Bildschirm, und Amy bekam Herzklopfen.

»Da haben wir es ja. Noch ganz klein, aber eine Fruchthöhle, wo etwas drin wächst. Ich gratuliere. Sie sind schwanger.«, lächelte die Ärztin. Amy sollte sich wieder anziehen, während die Ärztin das Bild ausdrucken ließ. Im Sprechzimmer erklärte ihr die Ärztin, dass sie sich schonen muss, und keine großen Anstrengungen haben darf. Vor allem weil sie schon so starke Übelkeit hatte, sollte sie sich ausruhen und Vitamine zu sich nehmen, und ihre Hormontherapie wurde angepasst. Mit einem Grinsen wie ein Honigkuchenpferd und dem Bild in der Hand, verließen sie die Praxis wieder. Kaum draußen fielen sich beide in den Arm. Am liebsten würden sie es jedem erzählen, aber Amy fiel ein, dass man das lieber nicht tun sollte, da gerade in der ersten Zeit noch so viel passieren könnte. Sie beeilten sich, dass sie wieder nach Hause kamen, Amy machte die Übelkeit ziemlich zu schaffen.

Amy und Sam waren glücklich, es hatte endlich geklappt. Sie erwarteten ein Baby bekommen. Sam verwöhnte Amy von Kopf bis Fuß, ihr sollte es an nichts fehlen. Er machte ihr ein Tee, massierte ihr die Füße und deckte sie zu, wenn sie auf dem Sofa einschlief vor Müdigkeit.

Auch wenn sie die nächsten Wochen noch mit Übelkeit und Schwindel zu tun hatte, war sie damit nicht alleine. Sam ging es ähnlich. Um Amy nicht unnötig aufzuregen, sagte er nichts. Doch ab und zu merkte sie, dass etwas nicht mit ihm stimmte. Er schien öfter Kopfschmerzen zu haben, hatte schlechte Laune, und war oft müde. Wenn er schlecht drauf war, schob er es aus Solidarität auf Amys

Schwangerschaftshormone. Er meinte, er leidet eben mit ihr mit. Langsam verschwand die Übelkeit, und die Wochen vergingen. Es waren inzwischen 4 Wochen vergangen, und Amy ging es besser. Man sah ihr jedes Mal an ihren Strahlen an, dass sie schwanger war. Ihre Freunde und Kollegen merkten es sofort. Sie planten, schon das Kinderzimmer zu streichen, suchten Namen aus. Sie wussten, dass sie bald die kritische Zeit überstanden hatte.

Verlust

Amy genoss die Zeit, in der sie keine Probleme mit der Übelkeit hatte, und Sam war glücklich, weil sich ihr Wunsch erfüllt hatte. Amy ging wieder arbeiten, und ihre Kollegen freuten sich, dass sie wieder dabei war, es war genug Arbeit liegen geblieben, die sie nachholen musste. Trotzdem versuchte sie, es ruhig angehen zu lassen. Ein Großauftrag hielt die Agentur auf Trab, alle versuchten sich, aufeinander zu verlassen. Amy hatte ab und zu noch mit dem Kreislauf zu kämpfen, aber sonst ging es ihr gut, sie war froh, dass sie sitzen konnte. Es wurde etwas stressig nach einiger Zeit, aber sie dachte, sie würde es schon hinbekommen und mithalten können.

In dem Stress bekam sie ein merkwürdiges Ziehen im Unterleib, und dachte sich nicht viel dabei. Es waren vielleicht nur die Mutterbänder, die sich dehnen, dachte sie sich. Erst als es stärker wurde, ging sie auf die Toilette. Der Schock war groß, als sie das Blut im Slip entdeckte. Sie fing an zu weinen, und bekam es mit der Angst zu tun. Sie wollte das Kind nicht verlieren und wusste erst nicht, was sie machen sollte. Amy rief Sam an.

»Sam, ich blute, ich blute. Etwas stimmt nicht. Ich blute.« Sam meinte, sie soll ruhig bleiben und sofort den

Krankenwagen rufen, er würde sofort zu ihr kommen. Der Anruf brachte Sam völlig aus der Fassung. Nervös ließ er alles stehen und liegen und machte sich auf den Weg.

Amy war in Panik, rief aber mit zitternden Händen den Notruf. Auf der Arbeit waren alle in Aufruhr, und versuchten sie zu beruhigen.

Sam fuhr von der Arbeit sofort los, er hatte Angst, der Anruf klang mehr als ernst, Amy weinte schließlich.

Als der Krankenwagen kam, weinte Amy immer noch.

»Mein Baby, ich will mein Baby nicht verlieren. Mein Baby.« Die Sanitäter versuchten sie zu beruhigen, doch Amy war völlig aufgelöst. Die Angst um ihr

Ungeborenes war groß. Sie hatte sich doch so sehr ein Baby gewünscht.

Sam wartete bereits am Eingang des Krankenhauses auf sie.

»Amy Schatz, alles wird gut, ich bin bei dir.«, versuchte er, sie zu beruhigen. Sie wurde zur Gynäkologie gebracht und untersucht. Die Ärztin meinte, dass es nicht gut aussieht. Und sie müssten operieren. Das Baby hatte keinen Herzschlag mehr und sei auch unterentwickelt gewesen, für diese Schwangerschaftswoche. Der Körper würde es automatisch abstoßen wollen.

Amy verstand das alles nicht, sie hatte nur verstanden, ihr Baby ist tot. Sie weinte bitterlich, und auch Sam hatte Tränen in den Augen. Sie wurde gleich darauf in den OP gefahren und operiert.

Als sie danach wieder aufwachte, starrte Amy nur mit leerem Blick aus dem Fenster. Es brach Sam das Herz, sie so zusehen. Sie hatten beide ihr Baby verloren. Sam versuchte, mit ihr zu reden.

»Schatz, wie geht es dir? Ich bin für dich da.« Amy war bereits in tiefer Trauer, und fasste alles als Angriff auf. Er wollte sie beschützen, aber davor konnte er sie leider nicht schützen.

»Fragst du wirklich, wie es mir geht? Ich habe gerade eine OP hinter mir. Ich habe erfahren, dass mein Baby schon länger tot war in mir. Und du fragst, wie es mir geht?« Sam war von diesem Wutausbruch überrascht. Sie redete von ihrem Baby, nicht von ihrem gemeinsamen Baby. Sie war völlig fertig.

»Tut mir leid Schatz. Ich wollte nicht.« Er versuchte, die Wogen zu glätten.

»Weißt du was? Lass mich einfach etwas in Ruhe. Ich bin müde.« Amy war nicht nur müde, sie war auch am Boden zerstört, und wollte gerade niemanden sehen. Sie verstand nicht, warum ihr Kind tot war. Sie wollte es nicht wahrhaben, dass ihr Baby einfach nicht weiter wachsen wollte, warum die Natur ihr einfach das Kind wieder wegnahm.

Sam ging traurig nach Hause. Es ging ihm auch nicht besser als Amy, er konnte es nur nicht so zeigen. Er dachte, wenigstens einer von beiden musste stark sein. Sam verstand Amy, er wusste, dass sie jetzt erst mal den Tag und den Schock verarbeiten musste. Dennoch würde er Amy am nächsten Tag besuchen gehen, und sie auch abholen und nach Hause bringen. Er würde für sie da sein, egal wie lange ihre Trauer dauern würde. Nach zwei Tagen wurde Amy entlassen, und Sam holte sie ab. Die Fahrt über sagte sie kaum etwas. Amy war in Gedanken bei ihrem Baby, das Baby, das niemals auf die Welt kommen sollte. Es war ihr nicht bestimmt gewesen, dieses Baby zu bekommen. Sie verstand es aber nicht. Amy wünschte sich so sehr ein Baby, und als sie endlich schwanger wurde, erfüllte sich ihr Wunsch. Doch sie durfte es nicht lebend zur

Welt bringen. Sie stellte sich Fragen wie:

»Warum mein Baby?« Sie wusste nicht mal, ob es ein Junge oder ein Mädchen war, es war viel zu klein. Zu klein, für diese Woche, sagte der Arzt. Es hörte früh auf zu wachsen. Amy stiegen sofort wieder die Tränen in die Augen. Um keinen Streit heraufbeschwören zu wollen, ließ er sie erst mal in Ruhe. Zu Hause zog sich Amy sofort ins Schlafzimmer zurück, sie wollte immer noch alleine sein. Sie trauerte für sich alleine. Und merkte gar nicht, wie sehr ihm die Trauer schmerzte. Er sagte sich aber immer wieder, dass sein Kind eben nicht gesund war, und es so besser ist, die Natur hat da vorgesorgt und wollte nicht, dass sie ein krankes

Kind bekommen. Sam wusste, selbst dieser Gedanke würde Amy erstmal überhaupt nicht trösten, denn auch das war traurig. Er ließ sie erst mal zuhause ankommen. Es war nicht leicht, mit Amy klar zukommen in der Zeit. Sie trauerte noch Wochen lang. Er versuchte sie immer wieder aufzumuntern, doch an sie ranzukommen, war alles andere als leicht.

Als er abends nach Hause kam, und Amy wie immer im Schlafzimmer schlafen sah, tat er aus Verzweiflung das, was er geschworen hatte, nie zu tun. Er griff zum Alkohol und wollte seinen Schmerz und Kummer vergessen. Er goss sich erst ein Glas Whisky ein und dann entschloss er sich nicht alleine zu trinken, und rief Eric an.

»Hey Kumpel, lass uns was Trinken gehen, ich muss hier mal raus.«

In der Stadt in einer Bar traf er sich mit Eric, er musste sich mal seinen Kummer von der Seele reden.

»Ich kann sie ja verstehen, aber ich kann selbst nicht mehr.«, er nahm ein Schluck aus dem Bierglas und bestellte sich noch ein Scotch dazu.

»Du musst eben für sie da sein. Und wenn gar nichts hilft, braucht sie professionelle Hilfe.«, versuchte, Eric ihm beizustehen.

Mit jedem Schluck Alkohol mehr, ging es Sam besser, und er trank weiter. Auch zuhause leerte abends nach der Arbeit eine Flasche

Whiskey und stürzte ab. Morgens wachte er mit einem dicken Kater auf. Er vernachlässigte den Haushalt und aß nur noch Pizza, die leeren Schachteln lagen überall rum. Seine Kopfschmerzen und Schwindelanfälle machten ihm weiterhin zu schaffen. Er besorgte sich Schmerztabletten, um gegen seine Kopfschmerzen anzukommen, die immer stärker wurden. Lange wirkten die normalen Tabletten nicht mehr und er brauchte stärkere. Er spülte sie immer mit Alkohol runter, und sah im Rausch dann einen Mann in Weiß.

»Sam, lass das mit den Tabletten, sein. Deine Zeit ist noch nicht gekommen.«, sagte er im bedrohlichen Ton.

»Komische Dröhnung bist du.«, sagte Sam zu seiner Erscheinung.

Amy kam nur selten raus, sie hatte mit sich selbst zu tun.

Eines Morgens fand er Amy weinend unter der Dusche vor, in diesem Moment war ihm klar, dass sie Hilfe brauchte, die er ihr nicht geben konnte. Er hatte geschworen, immer für sie da zu sein und sie zu schützen, in guten und schlechten Zeiten.

»Schatz, du brauchst Hilfe, ich versuche wirklich alles, damit es dir besser geht. Ich weiß nicht mehr, was ich tun soll, oder sagen kann ohne, dass du es falsch verstehst.« Amy sah seine Verzweiflung und verstand endlich, dass es ihm auch nicht gut geht.

»Du hast Recht, so geht das nicht mehr weiter. Ich kann nicht mehr. Ich kann nur noch an das Baby denken.«, sagte sie in Tränen aufgelöst.

Sie machten einen Termin bei einem Psychologen aus, er sollte schnellstmöglich stattfinden. Beide wollten damit wieder lernen, normal leben zu können und die Fehlgeburt zu verarbeiten. Dr. Miller war eine sehr sympathische Frau, etwa Mitte dreißig, blond, die Haare hochgesteckt. Sie redete erst mit beiden über das Geschehene und den Kinderwunsch. Und dann mit Amy alleine.

Sie hörte heraus, dass Amys Kinderwunsch sehr groß war, und es mehr als schmerzhaft war für sie, dass sich ihr Traum plötzlich zu einem Albtraum entwickelt hatte. Dr. Miller fragt sie, ob sie denn auch verstanden hatte, warum sie eine Fehlgeburt hatte.

»Amy, ihr Arzt hat ihnen erklärt, was in ihrer Schwangerschaft passiert ist, was zu ihrer Fehlgeburt geführt hat oder?« Amy fing an zu weinen und holte ein Taschentuch aus ihrer Handtasche.

»Er sagte, es hat sich nicht weiterentwickelt, und mein Körper würde es abstoßen. Das Herz hatte bereits nicht mehr geschlagen. Es war schon länger tot.«, sie weinte bitterlich. Dr. Miller nickte ihr zu. Sie verstand, Amys Gedankengänge sofort. Amy machte sich Vorwürfe, dass sie schuld am Tod des Babys war. Sie sprach es direkt an, und wollte von ihr wissen, was sie meint, woran es lag.

»Ich denke, ich hätte nicht wieder arbeiten gehen sollen, es war zu stressig.« Dr. Miller versuchte, ihr zu erklären, woran es wirklich lag.

»Amy, hat ihnen der Arzt gesagt, in welcher Woche das Wachstum aufgehört hat?«, Amy überlegte eine Weile. Dann fiel ihr ein, dass der Arzt meinte, es wäre über eine Woche gewesen. Dr. Miller erklärte ihr im sanften Ton, dass sie daran sehen sollte, dass es bereits zu Hause passiert ist. Und dass das Baby womöglich krank war, und die Natur Fehlgeburten oft einleitet, um kranke Kinder zu vermeiden. Wäre das Kind auf die Welt gekommen, wäre es vielleicht nicht lebensfähig gewesen.

Sie sollte sich vornehmen, darüber positiv zu denken statt negativ.

»Denken sie nun zukünftig einfach daran, dass es ihrem Baby nun besser geht. Und sie ein neues Baby bekommen können, und vielleicht, wenn sie daran glauben, wird ihr Baby wiedergeboren und sie dürfen es eines Tages kennenlernen. Suchen sich ein Hobby, was sie ablenkt von dem Gedanken an ihr Baby. Gehen sie raus, treffen sie Menschen. Auf keinen Fall sollten sie die Einsamkeit suchen. Ihr Mann ist für sie da.«

Amy hörte langsam auf zu weinen, und verstand die Worte des Psychologen. Sie sollte alle zwei Wochen wieder kommen, und erzählen wie es ihr nun geht.

Amy ging es nach dem Gespräch besser. Als sie raus gingen, nahm sie Sams Hand, nach langer Zeit mal wieder in ihre Hand und drückte sich an seine Schulter. Sie nahm sich den Rat, von Dr. Miller zu Herzen.

»Schatz, lass uns was Essen gehen, ja?« Sam, schaute sie überrascht an. Anscheinend wirkte das Gespräch wunder.

»Na klar. Gute Idee.«, er lächelte sie an und gab ihr einen Kuss.

»Alles was du willst. Ich liebe dich.« Amy erwiderte dies und sie gingen, zu ihren Lieblingsitaliener Mittagessen. Langsam erholte sich Amy von der Fehlgeburt und Sam und sie näherten sich wieder an. Sie gingen aus und trafen sich mit Freunden. Auch wenn es Amy schwer fiel, sie riss sich zusammen und versuchte positiv zu denken, so wie es Dr. Miller sagte. Auch hatten sie die Idee, eine Art Beerdigung als Abschied für ihr Kind zu machen. Sie hatten hinter dem Haus eine kleine Engelsstatue aus Marmor aufgestellt. Dort standen Kerzen und Blumen. Amy hatte das letzte Ultraschallbild einschweißen lassen, und es an den Engel befestigt. So war ihr Baby doch irgendwie immer da. Sie ging ab und zu hin und redete dort zu ihrem Engel. Nach einiger Zeit ging sie sogar wieder arbeiten. Sie hatte nun verstanden, dass sie nicht Schuld an der Fehlgeburt war, und ihr Leben weiter gehen musste. Sam kämpfte währenddessen mit seinen Kopfschmerzen und

Schwindelanfällen. Amy war nicht davon begeistert, dass er es vor ihr versuchte, geheim zu halten.

»Schatz, du solltest wirklich mal zum Arzt gehen damit. Das geht schon Monate so. Nicht das es was Ernstes ist. Ich will dich nicht auch noch verlieren.« Sie sah ihn vorwurfsvoll an. Er versprach ihr, wenn es nochmal passiert, würde er zu einem Arzt gehen. Er wollte Amy nicht beunruhigen, und er ging ungern zum Arzt. Er dachte einfach, dass alles vom Stress kommen würden. Manchmal glaubte er aber, sein Schädel würde platzen. Das Stechen im Kopf war heftig dann, und dazu kamen Sehstörungen. Sam war der Meinung, es wäre einfach Migräne. Auf der Arbeit lief es zum

Glück bei beiden ruhig. Amys Kollegen nahmen noch Rücksicht auf sie, und bei Sam bemühte Eric sich, dass er nicht zu viel Stress hatte. Sam nahm heimlich weiter seine Schmerztabletten und hoffte, dass es nichts Ernstes war. Er musste sich an diesen Tag oftmals hinsetzen. Ihm war immer wieder schwindelig, und er fühlte sich nicht besonders wohl. Er legte sich im Büro auf das Sofa, seines Büros in der Kanzlei. Er versuchte zu schlafen. Im Traum erschien ihm sein verstorbener Großvater.

»Sam, deine Zeit läuft ab. Es tut mir leid. Du musst bald gehen.« Voller Panik wachte er auf. War das nur ein Traum, oder war es eine Warnung? Er musste erst mal etwas trinken. Er ging zu seinem Tisch und füllte ein Glas mit Wasser. Sam wollte wissen, was mit ihm los ist, und machte ein Termin beim Arzt. Dieser schickte ihm für ein CT ins Krankenhaus. Nervös saß er im Wartezimmer und versuchte positiv zu denken.

»Mr. Wilkons kommen sie bitte.«, rief die Schwester ihn rein. An der Wand war ein beleuchtetes CT-Bild eines Schädels.

»Setzen sich Mr. Wilkons.«, bat ihm der Arzt.

»Wir haben bei ihnen CT gemacht, um ihren Kopfschmerzen und Schwindelanfällen auf den Grund zu gehen.«, der Arzt sah nicht glücklich aus und suchte nach den passenden Worten.

»Es sieht nicht gut aus. Wir haben einen Tumor entdeckt, den man nicht operieren kann.«, erklärte er Sam vorsichtig.

»Ich werde sterben? Wie lange hab ich noch?«, fragte er schockiert.

»Höchstens noch sechs Monate. Es tut mir leid.«, er sah Sam nachdenklich.

Sam musste das erstmal verdauen. Er beschloss, es nicht Amy zu sagen. Sie hatte sich gerade erst von der Fehlgeburt erholt. Sam hatte nie vorgesorgt für den Fall, dass ihm was passieren könnte. Das wollte er nun ändern. Er schloss heimlich eine Lebensversicherung ab, und machte ein Testament.

Amy fiel auf, dass Sam sich merkwürdig verhielt, er war

anhänglicher, als sonst und wollte mehr Zeit mit ihr verbringen.

»Schatz geht es dir gut? Du bist so anders als sonst.«, stellte sie besorgt fest.

»Alles Ok. Ich will dir nur zeigen, wie sehr ich dich liebe.«, er lächelte sie an und gab ihr einen Kuss, als sie beim Fernsehen gucken waren.

Sams Zustand verschlechterte sich im Laufe der Monate, trotzdem ging er zu Arbeit und auch heimlich ins Krankenhaus, sich Medikamente zu holen.

Sam fuhr sich mit der rechten Hand durch seinen Schweiß durchtränkten Haare und schaute auf seine Armbanduhr auf dem linken Arm. Es war erst Mittag, aber er hatte nach dieser Diagnose und all seinen

Vorbereitungen das starke Bedürfnis bei Amy sein zu müssen. Amy war zuhause heute. Sie wollte im Garten arbeiten und hatte heute frei. Sie rechnete überhaupt nicht mit Sam, und erschrak sich, als er kreidebleich plötzlich hinter ihr, an der Verandatür stand.

»Hi, Schatz. Was machst du denn schon hier? Du siehst nicht gut aus.« Sie sah ihn besorgt an. Er schwitzte und schwankte schon etwas. Ihm war mehr als schwindelig, er sah alles verschwommen, und seine Knie zitterten. Plötzlich fiel Sam einfach vor Amy zu Boden. Seine Augen waren geschlossen. Amy erfüllte die Panik.

»Sam, Sam. Nein, wach auf. Verdammter Mist.«. Sie weinte

schon, während sie neben ihm kniete und an ihm rüttelte, damit er wach wird. Doch Sam öffnete einfach nicht die Augen. Er war ohnmächtig. Er rührte sich nicht mehr. Amy alarmierte mit zitternden Händen den Notruf. Sie weinte die ganze Zeit, als sie mit dem Notruf telefonierte. Warum hat Sam auch nicht auf sie gehört und ist eher zum Arzt? Sie hatte Angst. Amy wollte ihn nicht verlieren, und nun lag er leblos vor ihr. Die Rettungssanitäter kamen schnell und luden ihn in den Krankenwagen ein. Amy fuhr mit und redete die ganze Zeit mit Sam.

Sam fand sich selbst gerade in einen Traum wieder. Überall war Nebel. Es schienen eher Wolken zu sein. Dann stand ein Mann vor ihm.

»Hallo, Sam.« Er sah ihn überrascht an.

»Bin ich tot«?, fragte er ängstlich und stotternd.

»Nein. Noch nicht. Aber bald. Dir wird noch etwas Zeit gewährt, um dich zu verabschieden und deiner Familie den Abschied leichter zu machen. Dann wenn es so weit ist, werde ich dich abholen kommen.«, erklärte der Mann in weißen T-Shirt und weißer Hose ihn. Er wirkte so beruhigend, Sam verspürte keine Angst. »Geh nun wieder. Deine Frau wartet auf dich.«

Sam öffnete die Augen, und fand sich in einem hellen Raum wieder. Er sah sich um. Ein Fenster auf der linken Seite, medizinische Geräte auf der rechten Seite. Er war im

Krankenhaus. Dann sah er Amy, die ihn voller Sorge und zugleich weinend ansah.

»Sam, Schatz, wie geht es dir? Du hast mir solche Angst eingejagt«. Sie war auch sauer auf ihn, weil er einfach nicht zum Arzt gehen wollte.

Er wusste erst gar nicht, was eigentlich passiert war.

»Was mach ich denn hier? Was ist los?«, er fasste sich an den Kopf vor Schmerzen, und kam sich vor, als hätte er die letzte Nacht durchgemacht. Sam wollte sich hinsetzen, aber ihm war sofort wieder schwindelig.

»Bleib liegen. Du bist einfach ohnmächtig geworden und vor mir umgekippt. Der Arzt kommt nachher gleich. Sam ich hab Angst, dass es was Schlimmes ist.« Amy weinte schon wieder. Sie hatte eine böse Vorahnung. Er sah immer noch bleich und schweißig aus. An seinem rechten Arm hatte er einen Venenkatheter bekommen mit fiebersenkenden Mitteln. Dann kam eine Krankenschwester zu den beiden.

»Oh sie sind wach. Das ist gut. Wie geht es ihnen? Tut ihnen was weh?«, fragte sie freundlich. Sie war erst Anfang dreißig gewesen, aber machte einen ernsten Eindruck. Sam beobachtete sie, und war der Meinung, dass sie schon das Ergebnis wusste.

»Ich hab fürchterliche Kopfschmerzen.« ,sie sah ihn besorgt an, und meinte, er bekommt gleich was gegen die Schmerzen. Amy hielt seine Hand, er spürte ihre Angst. Im Inneren wusste Sam schon, dass es nicht gut enden würde. Er kannte schließlich seine Diagnose schon. Im Traum warnte ihm schon sein Großvater, und eben in der Ohnmacht eine Art Engel, war er der Meinung. Es schien ernst zu sein für ihn. Amy zitterte vor Angst um ihn. Sie wollte sich nicht vorstellen, was der Arzt ihnen sagen wird. Sie wollte Sam nicht verlieren, aber würde bei ihm bleiben, solange es dauerte. Es vergingen ein paar Stunden, bis der Arzt zu ihnen kam. Ein älterer Mann, mit Brille dunkle Haare und ein sehr ernstes Gesicht betrat das Zimmer. Sam wusste, was jetzt kommen würde, Amy würde die Wahrheit erfahren. Sie hielten sich noch fester an der Hand. Ihre Herzen schlugen beide schnell. »Guten Tag, Mr. und Mrs. Wilkons, ich bin Dr. Bank, ihren Mann kenn ich ja schon.«, er sah sie beide sehr ernst an. Es war auch als Arzt keine schöne Aufgabe, Menschen schlimme Nachrichten zu überbringen. Und in diesem Fall war es sehr schlimm.

»Es sieht leider überhaupt nicht gut aus.« ,sagte er vorsichtig. Sam war nervös.

»Wieso kennt dich der Arzt schon?«, fragte Amy verwirrt.

»Sagen sie schon Doc. Ich hab es ihr noch nicht erzählt.« , bat Sam ihn.

»Sie haben einen Hirntumor. Und dieser ist an einer sehr ungünstigen Stelle. Und daher inoperabel.«, fuhr

Dr. Bank fort. Amy sah ihm an, dass noch mehr kommen würde. Und hielt mit ihrer Vermutung nicht hinter dem Berg.

»Wird er sterben, Doktor?« Sie weinte wieder. In Sams Ohren raste der Puls, als der Arzt ihr eine Antwort gab.

»Es tut mir leid, Ihnen mitteilen zu müssen, dass er nur noch ein paar Wochen, höchsten zwei Monate zu leben hat. Der Tumor ist schon sehr weit fortgeschritten.«, er schluckte. Amy sah Sam an. Sie stand unter Schock. Er würde sterben, und keiner kann was daran ändern. Ihre Augen bewegten sich plötzlich schnell hin und her. Es war alles zu viel für sie. Er wollte doch alt werden mit Amy,

Kinder bekommen und all das, was man im Leben noch plant.

»Wieso hast du mir nichts gesagt?«, sie war sauer, enttäuscht und ihre Welt brach auf ein Neues zusammen.

Sam fiel der Mann in Weiß ein. Er sagte, er würde bald sterben, aber ihm blieb noch ein bisschen Zeit, um Abschied zu nehmen. Amy weinte bitterlich, und sie legte ihren Kopf auf Sams Schoß. Sam streichelte, über ihren Kopf, und wusste nicht, was er sagen sollte. Der Arzt erklärte beiden noch, dass er nun im Krankenhaus bleiben muss, und man ihm die Zeit, die er noch hat, so angenehm wie möglich machen würde.

Der Übergang

Nach der Diagnose machten sich beide Gedanken, was sie mit der ihnen verbleibenden Zeit anstellen sollen. Und das am besten, so gut wie möglich. Sie wollten sie miteinander verbringen, und alles tun, wozu sie sonst nie kamen. Sie machten eine Liste mit Dingen, die beide schon immer machen wollten. Solange es Sam noch relativ gut ging, wollten sie ihre Zeit nutzen. Er musste zwar eigentlich im Krankenhaus bleiben. Aber wenn es Sams Zustand zuließ, macht der Arzt eine Ausnahme. Er hatte Verständnis für die beiden und erklärte ihnen aber auch, wenn etwas ist, sollen sie sofort zurückkommen. Jetzt nachdem Amy die Wahrheit wusste, konnte sie besser für ihn da sein, und verstand auch sein Verhalten.

Die meiste Zeit ging es Sam gut, aber bei der kleinsten schmerzverzerrtem Miene, war Amy sofort zu Stelle und fragte nach, ob alles ok sei.

Punkt eins auf der Liste war, Essen gehen. Sie machten sich besonders schick, und gingen abends zu ihren Lieblingsitaliener. Unterhielten sich über Sachen, über die sie sonst nie redeten. Sam sog jeden Moment mit ihr auf. Er sah ihr tief in die Augen und sagte »Weißt du, wie sehr ich dich liebe?« Amy stiegen die Tränen in die Augen. So oft würde er das nicht mehr sagen. Und eines Tages gar nicht mehr. Sie würde seine Stimme nie wieder hören.

Nach dem Essen gingen sie nach Hause. Und Sam hatte einen besonderen Wunsch für diesen Abend. Er wollte ein letztes Mal mit ihr schlafen, solange es ihm noch relativ gut ging. Amy war mehr als einverstanden damit ihn ein letztes Mal zu spüren, mit seiner ganzen Kraft, die er noch hat. Bald würde er dafür zu schwach sein. Diese Nacht war für beide sehr besonders. Beide genossen jede Berührung, jeden Kuss und jeden Blick. Jeden Beckenstoß von Sam nahm Amy noch intensiver wahr, als früher. Sie krallte sich in seinen Schulterblättern fest und stöhnte bei jeder Bewegung. Auch Sam war in voller Ekstase und Erregung. Beide brannten vor Leidenschaft. Als es zu Ende war, lagen sich beide in den Armen und sie liebkosten sich gegenseitig, keiner dachte ans Schlafen. Sie hatten beide Angst, dass Sam vielleicht nicht mehr aufwachen würde. Am nächsten Morgen stellten sie aber fest, dass alles gut war. Beide wachten auf. Sie aßen zusammen Frühstück und überlegten gemeinsam, was sie tun wollten. Sie wollten schon immer ein Segeltörn machen, also riefen sie Eric an und fragten, ob sie sich sein Schiff leihen könnten. Er war einverstanden aber konnte nicht verstehen, warum jetzt plötzlich. Sam und Amy, hatten beschlossen, niemanden etwas von

Sams Zustand zu erzählen. Sie wollten kein Mitleid. Da sie das nur an ihre Trauer danach erinnern würde.

Wenn Sam schlief, weinte Amy immer, auch wenn er im Krankenhaus war, und sie alleine zu Hause war. Vor Sam war sie stark, und ließ sich nicht anmerken, wie es ihr wirklich ging. Wenn Sam alleine war, vermisste er Amy. Er hatte Angst, dass er starb und dann alleine wäre. Sie machten einen Tag später ihren Segeltörn. Die See war ruhig, und sie genossen die frische Luft. Es war Abend und sie aßen an Deck. Die Sonne ging am Horizont unter, und es wurde langsam kühl. Sie sahen sich gemeinsam den Sonnenuntergang an, beide in eine Decke gehüllt, hielten sie sich eng umschlungen fest. Sam wurde bewusst, dass es wahrscheinlich einer der letzten Sonnenuntergänge sein würde, die er sehen würde. Sie verbrachten das ganze Wochenende auf dem Schiff. Sam ging es noch gut. Doch das sollte sich bald ändern. Schon am Montag brach er wieder zusammen. Amy brachte ihn so schnell wie möglich ins Krankenhaus zurück.

Sam wurde schwächer. Das Laufen fiel ihm immer schwerer und er brauchte Sauerstoff. Ihre Ausflüge konnten sie nicht mehr machen, also mussten sie im Krankenhaus mit dem Rollstuhl herumfahren. Manchmal glaubte Sam, er würde den weißen Mann aus seinem Traum sehen, wie er in einer Ecke stand und auf ihn wartet oder ihn einfach nur beobachtete. Er wurde schneller müde, aber Amy blieb an seiner Seite. Sam wollte nicht, dass sie ging, wenn er schlief. Und Amy hatte jedes Mal Angst, wenn er einschlief. Sie beobachtete immer seinen Monitor mit der Atmung und dem Herzschlag. Und war beruhigt, wenn dort alles piepte. Als Amy mal eingeschlafen war, wurde Sam wach, und sah wieder den weißen Mann.

»Hallo, Sam. Es ist bald soweit.«, sagte er mit einer ruhigen und sanften Stimme.

»Bald? Wie bald?«, hauchte Sam mit heiserer Stimme.

»Dein Leid hat bald ein Ende. Alles wird gut. Hab keine Angst.« Flüsterte er ihn zu. Sam spürte, wie er immer schwächer wurde. Amy schlief neben ihm in einem Sessel und bemerkte nichts.

»Wie ist es zu sterben?«, wollte er wissen.

»Nun ja, es ist friedlich. Erst wird dir kalt. Aber dann spürst du den Frieden kommen. Du wirst ein wunderschönes Licht sehen. Es ist warm. Es wird dich anziehen. Es ist also nichts, wovor du Angst haben musst.« ,antwortete der Weiße lächelnd.

»Ok.«, mehr konnte Sam nicht rausbekommen. Er sagte Sam, dass er dann wiederkommen würde, und ihn abholt. Amy wurde langsam wach, und der weiße verschwand wieder.

»Mit wem hast du geredet?«, fragte Amy verwundert. Er sah Amy an, und wusste, sie würde ihm eh nicht glauben.

»Mit mir selbst.«, lächelte er sie an. Sie sah müde aus, und hatte Augenringe. Sam griff nach ihrer Hand. Amy richtete sich auf und gab ihm einen Kuss.

»Hast du gut geschlafen?«, fragte Sam. »Nicht wirklich. Ich hatte einen merkwürdigen Traum, dass ein Engel dich holen kommt.« Sam musste lächeln.

»Vielleicht ist es auch so. Ist doch eine schöne Vorstellung. Dann braucht man keine Angst haben.«

Inzwischen war sich Sam sicher, dass es ein Engel war, der ihn besucht hatte, und der ihn, wenn er stirbt, abholen kommt.

Er fühlte, wie es langsam zu Ende ging. Er wurde immer schwächer. Er wusste nur nicht, wie er es Amy sagen sollte. Das Sprechen fiel ihm schwerer und schwerer. Amy merkte, dass etwas nicht stimmte, und rief den Arzt. Der Doktor untersuchte ihn, und schaute auf dem Monitor.

»Mrs. Wilkons, ihr Mann wird schwächer. Es tut mir leid, ihnen das sagen zu müssen, und es fällt mir wirklich schwer. Sie sollten sich langsam von ihrem Mann verabschieden.« Amy stand mit Tränen in den Augen vor dem Arzt.

»Was? Jetzt schon? Bitte nicht.« Sie war verzweifelt, und sah weinend Sam an, der mit seinen letzten Atemzügen kämpfte und Amy noch was sagen musste.

»Amy, hör mir zu. Ich bin bereit, zu sterben. Aber ich werde immer bei dir sein. Und über dich Wachen. Ich liebe dich.«,sagte er mit zitternder und kaum hörbarer Stimme. Sam machte noch ein paar Atemzüge und schloss dann seine Augen. Amy rüttelte an ihm, damit er wach wird. Doch Sam wachte nicht mehr auf. Ein letzter Piep erklang auf dem Monitor. Der Arzt untersuchte ihn noch kurz, bevor er ihn dann für tot erklärte. Amy weinte verzweifelt neben seinen toten Körper.

»Nein, Nein. Das darf nicht sein. Du hast mir versprochen immer da zu sein. Immer. Du hast es versprochen. Komm zurück.«

Sam fand sich plötzlich neben seinen Körper und Amy wieder. Er sah sich um, erkannte, dass er tot war. Als er Amy weinen sah, brach sein Herz. Er konnte nichts mehr machen, und wollte nicht gehen. Aber er sah schon das warme Licht, dass der weiße Engel ihm beschrieben hatte. Und plötzlich erschien er. »Sam, es ist so weit. Es ist Zeit mit mir zu kommen.« Sam wollte nicht gehen. Er konnte Amy nicht alleine lassen.

»Warum musste ich sterben? Ich will sie nicht alleine lassen.«, er war verzweifelt und verstand das alles nicht. Der Engel stellte sich erst mal richtig vor.

»Sam, ich hab mich noch gar nicht vorgestellt. Ich bin Jakob, ein Todesengel, und Jenseitsbegleiter. Und dein persönlicher Mentor. Deine Zeit auf Erden ist abgelaufen. Jeder

Mensch hat nur eine begrenzte Zeit auf Erden bekommen, um den Ausgleich von Leben und Tod zu schaffen. Es hat alles einen Grund, das wirst du später noch verstehen. Nun komm mit mir.« Er zeigte in Richtung des Lichtes und nickte. Sam spürte, dass er gehen muss. Das Licht zog ihn magisch an, wie eine Motte vom Licht.

Sam ging in das helle warme Licht. Als er hindurch war, sah er eine Art helle und weiße Stadt mit goldenen Elementen vor sich. Es sah etwas aus sie das alte Griechenland. Überall liefen Leute umher. Niemand schien unglücklich zu sein. Kinder spielten miteinander. Erwachsene unterhielten sich. Er wollte von Jakob wissen:

»Wo bin ich hier? Was ist das?«
Jakob sah ihn freundlich an.

»Was meinst du wohl, was das ist?
Das ist das Jenseits.« Sam brannte
eine wichtige Frage auf den Lippen.

»Und wo kommen die ungeborenen
verstorbenen Babys hin?«, er musste
an Amy und ihre Fehlgeburt denken.

»Babys die nicht geboren wurden,
deren Seelen werden wiedergeboren.
Sie kommen erst zu einer Art
Auffangstelle, wo man den richtigen
Menschen für sie auswählt, dann
kehren sie zurück in einen neuen
Körper.« Also hatte Dr. Miller
wahrscheinlich recht, dachte er. Sie
gingen weiter. Und hielten an einem
Haus. Es sah seinem Haus auf der
Erde sehr ähnlich, es war nur etwas
kleiner.

»Das ist dein neues Zuhause. Du kannst dich erst mal ausruhen, und dich umsehen. Ich erkläre dir dann morgen alles. Das Wichtigste ist das hier ...«, er zeigte auf einen Fernseher.

»Auf diesem Gerät siehst du deine Familie. Du kannst sie beobachten, aber nicht eingreifen.«, erklärte Jakob ihm. Er sollte sich erst mal umsehen, Jakob würde morgen wiederkommen. Sam schaltete den Fernseher an, um zusehen was Amy macht und wie es ihr geht. Natürlich eine blöde Frage. Ihr Mann war gerade gestorben, wie soll es ihr wohl gehen? Er sah Amy, wie sie immer noch am Körper von ihm saß, und weinte. Die Ärzte holten Amy nun aus dem Zimmer und gaben ihr ein Rezept. Sie sollte nach Hause gehen und sich ausruhen. Dass er Amy sehen konnte, aber nichts tun konnte, machte ihn traurig. Wie gerne würde er sie in den Arm nehmen und ihr sagen, dass er da ist und aufpasst. Aber Amy war gerade sehr verzweifelt. Sie wusste nicht, wie es weitergehen sollte. Erst verlor sie ihr Kind und nun ihren Mann. Und sie musste es auch noch ihrer und seiner Familie sagen. Beide Seiten, wussten von seinem Tumor nichts. Wie gerne würde er Amy das alles abnehmen, aber es ging nicht. Morgen würde er mehr wissen. Jakob würde ihm alles erklären. Also schaltete er den Fernseher aus und legte sich hin. Er fühlte sich auch so eigentlich so gut wie nie zuvor. Keine Schmerzen oder andere Probleme mehr. Nur die Sorge um Amy, ließ ihn nicht zu Ruhe kommen. Da auch Engel müde werden, schlief er irgendwann ein.

Am nächsten Morgen im Jenseits, wachte Sam noch etwas verwirrt auf. Er dachte, er wäre auf der Erde und wollte nach Amy suchen. Das Haus im Jenseits ähnelte seinem auf der Erde so sehr, dass er erst später bemerkte, dass er nicht mehr bei ihr war. Es war nicht gerade leicht für ihn. Sam erschrak, als es an der Tür klopfte. Er öffnete sie und Jakob stand vor ihm.

»Guten Morgen Sam. Wir haben heute viel vor. Bist du bereit?« ‚fragte Jakob wie immer mit einem Lächeln im Gesicht. Sam war gespannt, was er damit meinte.

»Als Erstes müssen wir an deiner Beerdigung teilnehmen. Natürlich wird uns niemand sehen oder hören, aber wir können alles sehen und hören.«,erklärte er ihm.

»Meine Beerdigung? Jetzt schon? Ich dachte, ich bin erst einen Tag tot.« Sie schlossen die Tür hinter sich und Jakob erklärte ihm die Zeitrechnung im Jenseits und auf der Erde.

»Na ja, nicht ganz. Während hier nur eine Stunde vergeht, vergehen bei den Lebenden mehrere Stunden. Ein Tag hier, sind drei Tage bei ihnen. In deinem Fernseher siehst du also nicht genau, den Zeitpunkt jetzt. Eher einen Blick in die Zukunft. Es ist etwas kompliziert. Aber jedes Mal wenn du aufwachst, sind auf der Erde 3 Tage vergangen.«

Sams Kopf schwirrte. Das war wirklich kompliziert. Sie machten sich auf dem Weg zu einem Portal.

»Hier geht es lang, zu deiner Beerdigung. Es ist wichtig, dass du daran teilnimmst. Um für dich Abschied zu nehmen und alle deine Angehörigen noch mal zusehen.« Sie gingen hindurch und kamen auf dem Friedhof an. Sam sah Amy und ihren Vater und auch seine Eltern an seinem Grab stehen. Der Pfarrer sprach eine Rede. Amy weinte. Eric stand neben ihr mit seiner Familie und auch Jessica und Zoe waren da. Sam und Jacob gingen näher ran.

»Du warst sehr beliebt bei deinen Freunden.«, lächelte Jakob. Sam wollte Amy berühren, aber seine Hand ging durch ihr Gesicht hindurch wie Luft.

»Amy ich bin hier«,flüsterte er ihr ins Ohr.

Sie spürte einen leichten Windhauch an ihrem Gesicht. Sam sah Jakob verwundert an.

»Ein Windhauch ist alles, was sie von uns spüren können. Ich erkläre dir später mehr.«, erklärte Jakob mit einem Lächeln. Jakob war nie schlecht drauf, immer lächelte er. Musste wohl so ein Engel-Ding sein, dachte sich Sam.

Es tat ihm weh seine Familie und Amy zusehen, wie sie um ihn trauerten. Wenn er ihnen doch nur sagen könnte, dass es ihm nun besser geht.

»Hier unten läuft die Zeit normal weiter, wenn wir hier sind. Im Jenseits vergehen nur ein paar Sekunden. Wenn man tot ist, hat man mehr Zeit, als wenn man lebt. Daher vergeht die Zeit für uns Engel auch langsamer. Der Mensch hat so viel zu tun, und immer keine Zeit.«, erklärte Jakob. Sam fragte sich, wie seine Familie und Freunde alles aufgefasst hatten, als sie von seinen Tod erfahren haben. Jakob erklärte ihm, dass es da zwei Möglichkeiten gibt es herauszufinden. Die eine wäre, sie machen eine Zeitreise drei Tage zurück. Sam war erstaunt, dass das überhaupt ging. Die andere Möglichkeit besteht darin, er schaut es sich in seinem Fernseher an, denn zurückspulen würde gehen, und an der Zeit auf der Erde würde es nichts ändern, die läuft einfach weiter. Er nahm sich vor, es sich später anzusehen.

Amy sah auf das Grab von Sam, und ihre Tränen liefen unaufhaltsam. Der Verlust von Sam war nicht nur ein Verlust ihres Ehemannes, sondern auch der ihrer großen Liebe und ihres Seelenverwandten. Der Schmerz war sehr groß für sie, und brannte sich tief in ihr Herz. Sam war froh, dass Eric und Jessica sie auffangen konnten. Sie ließ sich weinend auf die Knie vor seinem Grab fallen, und fragte immer wieder »Warum? Warum?« Erich ging runter zu ihr und half ihr hoch.

»Wir sind für dich da. Es ist für uns alle schwer.«, er versuchte sie zu beruhigen.

»Wir müssen wieder gehen. Ich muss dir noch einige Regeln erklären.«,sagte Jakob mit einem Unterton, der Sam nicht wirklich gefiel. Als sie wieder im Jenseits ankamen, gingen beide in eine Art Engels-Pub. Es war viel los. Der Barkeeper fragte beide, was sie trinken wollten, als sie sich auf die goldenen Stühle setzten an der Bar. Jakob bestellte für beide Met.

»Das musst du probiert haben. Es ist einfach göttlich.« ,grinste ihm Jakob an. Der Barkeeper stellte zwei Gläser hin. Sam nahm eins und probierte. Er war erstaunt, wie gut es schmeckte. Dann begann Jakob mit dem ernsten Teil.

»Also was die Regeln hier oben angeht. 1. Wir können nicht einfach beliebig oft und beliebig lange auf die Erde zurückgehen. Wir haben dafür 30 Minuten alle paar Tage. 2. Wir dürfen und können uns nicht in die Welt der Lebenden einmischen. Sie hören und sehen uns nicht. Aber wir können sie manchmal spüren lassen, dass wir da sind. 3. Nur Schutzengeln ist es gestattet, täglich runter zu gehen und sich einzumischen. Aber auch nur zum Schutz. 4. Du musst dich innerhalb einer bestimmten Zeit entscheiden, ob du wiedergeboren werden willst und als was. Du kannst alles sein. Oder du bleibst im Jenseits und wirst

Schutzengel, Todesengel oder Ähnliches. Für alles gibt es eine Prüfung.« ,erklärte er. Sam dachte darüber nach. Wenn er also Amy öfter sehen will, müsste er ein Schutzengel werden, aber auch, um sie zu beschützen, wäre das seine Möglichkeit. Von einer Wiedergeburt hätten beide ja nichts. Sein Entschluss stand fest, er wollte Schutzengel werden.

»Wie genau sieht denn eine Prüfung für Schutzengel aus?« ,fragte er neugierig nach. Jakob wollte es ihm erklären, wenn es so weit wäre. Aber er freute sich, dass Sam dann sein Kollege sein würde.

Amy saß an einem Tisch mit Jessica und Zoe in ihrer Küche. Sie hatte sich einen Tee gemacht, denn ihr Magen rebellierte zu Zeit etwas.

»Wieso habt ihr uns eigentlich nicht früher gesagt, wie krank Sam war. Wir hätten euch doch unterstützen können.«,fragte Zoe nach. Amy erklärte ihnen, dass sie ihre gemeinsame Zeit genießen wollten. Aber sie das Ende nicht so schnell kommen sahen.

»Wir hatten noch ein paar schöne Tage zusammen, ohne das wir uns Sorgen machen mussten. Sam ging es noch gut.«, sie hielt ihre Tasse fest und wärmte sich daran, während ihr die Tränen in die Augen stiegen. Er hätte eher zum Arzt gehen sollen, sagte sie sich immer wieder.

»Das Schlimme ist, ich weiß nicht wie es weiter gehen soll. Ich bin ganz alleine in diesem großen Haus. Alles erinnert mich an Sam. Ich will ihn ja nicht vergessen, aber es tut alles so weh im Moment.« Ihr liefen die Tränen. Zoe und Jessica umarmten sie beide gleichzeitig, und versprachen für sie da zu sein.

»Ich vermisse ihn so sehr.«,sie weinte noch mehr. Es ging ihr seit dem Tod von Sam nicht besonders gut. Sie wollte sich hinlegen. Also ließen Jessica und Zoe sie erst mal alleine. Amy ging ins Schlafzimmer, und ihr fiel sofort wieder die letzte gemeinsame Nacht mit Sam ein.

Überall schmerzhafte und auch schöne Erinnerungen. Es tat so weh, an all das erinnert zu werden. Amy roch überall Sams Aftershave. Sie musste das Bett neu beziehen, damit sie sich hinlegen konnte. Es war einfach zu schmerzhaft. Sie schlief unter Tränen ein. Im Schlaf rief sie immer wieder Sams Namen.

Sam im Jenseits spürte Amys Rufen, es war wie ein Stich ins Herz. Er dachte, dass er nun keine Schmerzen mehr fühlen könnte. Er sah Jakob an, beide wollten sich gerade das Jenseits genauer ansehen.

»Was bitte war das?«,fragte er Jakob verwirrt. Jakob sah ihn mit großen Augen an.

»Was meinst du?«, er war verwirrt und wusste nicht, wovon Sam redete.

»Ich hatte gerade einen ziemlich heftigen Schmerz im Herzen.« Jakob meinte, das wäre selten, aber käme vor.

»Du und Amy, ihr habt eine außergewöhnlich starke Verbindung zueinander. Dass was du gespürt hast, war Amys Schmerz. Ihre Trauer. Lass uns bei dir nachsehen, was sie gerade macht.« Sie gingen zu seinem Haus. Als sie den Fernseher an machten, mussten sie etwas zurückspulen, und sahen das Amy, schlief und vorher geweint hatte. Am nächsten Morgen wachte Amy auf und beschloss, so nicht mehr weiter leben zu wollen. Sie hatte etwas Schreckliches vor. Sie ging in die Apotheke und holte sich Schlaftabletten. Die Fehlgeburt und der Tod von Sam, waren ihr zu viel, sie kam nicht mehr klar. Und wollte bei Sam sein. Amy setzte sich auf ihr Bett und nahm viel zu viele Tabletten auf einmal, dann legt sie sich hin und wartete auf die Erlösung.

»Was zu Hölle macht sie da. Sie will sich umbringen.«, Sam war geschockt und wollte sofort zu ihr.

»Sam, bleib ruhig. Denk dran, das ist alles bereits geschehen, was du da siehst. Wenn sie wirklich tot wäre, hätte ich dir das gesagt.«, beruhigte Jakob ihn.

Sie sahen weiter zu. Bei Amy klingelte es Sturm, doch sie wurde nicht wach. Amy schlief und glitt immer weiter davon. Jessica stand plötzlich im Schlafzimmer.

»Verdammt Amy. Scheiße nein.«, sie sah die Schlaftabletten und rief sofort den Krankenwagen. Sie nahm Amy mit ins Bad, und steckte ihr den Finger in den Hals, damit sie sich übergab und die Tabletten ausspuckte. Sie kam gerade noch rechtzeitig ins Krankenhaus und wurde gerettet.

»Das war echt heftig und knapp. Wie kann ich ihr helfen mit meinen Tod klar zu kommen?«, fragte Sam besorgt.

»Wir können in ihren Träumen erscheinen und sie trösten. Vielleicht hilft ihr das etwas. Ich werde dir zeigen, wie es geht.«, erklärte Jakob.

Sie spulten wieder auf die aktuelle Zeit zurück.

»Setz dich bequem auf das Sofa und schließe deine Augen. Und dann konzentrierst du dich auf Amy und ihren Traum. Dann wirst du sie sehen, und sie dich. Eine Traumsequenz hast du dafür Zeit. Sie dauert sechs Minuten. In der Zeit kannst du mit ihr reden. Es ist aber wie gesagt nur ihr Traum. Aber du kannst ihr sagen, dass es dir gut geht. Es hilft den Menschen oft, wenn sie die Verstorbenen in Träumen wieder sehen, und hören wie es ihnen geht.«

Amy schlief noch die ganze Nacht, so konnte Sam sie im Schlaf besuchen. Ihr Traum war nicht gerade fröhlich. Sie träumte von der Beerdigung und Sams Tod. Sie durchlebte es immer wieder in ihren Träumen. Dann tauchte Sam auf. Im Traum von der Beerdigung stand er plötzlich hinter ihr und fasste ihr an die Schulter.

»Amy. Ich bin hier.« Sie drehte sich um und erschrak. Dann fiel sie ihm um den Hals.

»Wie kann das sein?« ,fragte sie verwirrt.

»Es ist nur ein Traum. Aber ich bin hier, um dir zusagen, dass es mir wieder gut geht. Und ich beobachte dich vom Jenseits aus. Ich bin immer da. Ich hab es dir versprochen.«, er beugte sich zu ihr runter und gab ihr einen Kuss. Amy lächelte im Schlaf.

»Ich muss wieder gehen. Aber ich wache über dich. Ich bin immer in deiner Nähe. Du wirst es spüren.«, sagte er und löste sich langsam in Luft auf, während Amy ihm hinterher rief, er sollte bleiben. Amy wurde mitten im Traum wach. Ihr kam der Traum so real vor, dass sie erst gar nicht bemerkte, dass es nur ein Traum war. Sie berührte ihre Lippen und dachte an den Kuss im Traum.

Amy war sich sicher, dass es eine Botschaft von Sam war. Er wollte, dass sie wusste, dass es ihm gut ging. Er war irgendwo da draußen und beobachtete sie. Sie war ein wenig beruhigter nach diesem Traum, aber auch traurig, dass der Traum schon vorbei war.

Prüfungen

Sam spürte, dass es Amy nun besser ging, was ihm beruhigte. Jakob kam ein paar Tage später aufgeregt zu ihm. Er hatte Sam angemeldet für das Schutzengelprojekt, und hatte nun erfahren, dass er sofort hinkommen soll, um alles weitere über die Prüfungen zu erfahren. Sam war sehr froh darüber, dass er nicht mehr nur rum saß und Amy beobachten musste, sondern endlich etwas zu tun bekam. Nur er ahnte nicht, was alles noch auf ihn zukommen würde. Sie gingen zu einem großen Gebäude, es gingen viele Leute dort ein und aus.

Jakob erklärte Sam, dass es alle entweder Schutzengel wären oder Anwärter.

»Der Prüfer wird dir gleich deine erste Prüfung auferlegen. Ich bin echt gespannt, ich darf zum ersten Mal dabei sein, da ich dein Mentor bin.« So aufgeregt hatte er Jakob noch nie erlebt. Sie gingen in das Gebäude, was aussah wie eine Art Bürogebäude, von außen sah es viel kleiner aus, als innen. Beide sahen sich um. Es war riesig. So viele Schutzengel zu sehen, war einfach Wahnsinn. Jakob führte ihn zu seinen Prüfer. Sie betraten einen Raum, wo überall kleine Glühwürmchen umher zu fliegen schienen. Es sah wirklich toll aus.

»Hallo Sam, schön dich hier zu haben. Ich bin dein Prüfer, Max. Du brauchst keine Angst haben vor den Prüfungen. Die erste ist auch eher keine Prüfung, die du selbst machst, sondern deine Vergangenheit.«, er lächelte beide wissend an.

»Setzt euch hin. Wir werden jetzt eine kleine Reise in deine Vergangenheit machen Sam. Wir schauen uns Situationen an, in dem du Menschen hättest schützen können, oder sogar beschützt hast. Das zeigt uns deine Eignung als Schutzengel.«, erklärte Max. Max selbst war ein älterer Engel. Graue Haare waren zu sehen, und ein paar Falten. Er trug eine Brille, die ihm öfter mal runter rutschte. Dann wurde es kurz dunkel im Zimmer, alle fanden sich auf der Erde wieder.

Es war ein Sommer, und Sam war gerade 10 Jahre alt. Auf den Spielplatz sah er, wie ältere Jungs einem Mädchen ihre Tasche wegnahmen. Sam ging dazwischen, und legte sich mit den Jungs an. Er nahm ihnen die Tasche wieder weg und gab es dem Mädchen. Sam erinnerte sich gut an den Tag. Das war der Tag, an dem er Amy das erste Mal sah. Später gingen sie gemeinsam auf die Highschool. Er musste lächeln, er würde Amy immer beschützen. Max sah Sam zufrieden an und nickte. Er machte einen Haken auf seiner Liste.

»Gut, lass uns weiter sehen, was wir noch haben.«,sagte er. Der Raum drehte sich. Die nächste Situation war in der Highschool. Er beschützte einen kleinen Streber vor den Schulraudis. Er wollte schon immer alle beschützen, daher wurde er auch Anwalt. Er verteidigte ausschließlich die Schwächeren. Dann kam eine Situation in der Vergangenheit, die nicht so lange her war. Amys Fehlgeburt. Er war da für sie. Sam schützte sie vor sich selbst. Max machte eine Notiz auf seinem Block und einen Haken.

»Gut weitere Situationen brauchen wir nicht sehen. Ich hab sie bereits im Kopf. Das sieht alles sehr vielversprechend aus.«, sagte er zufrieden.

»Nun denn. Kommen wir zur ersten wirklichen Prüfung. Die dich vielleicht auch freuen dürfte.« Er lächelte Sam an, und erklärte ihm, dass er für 24 Stunden auf die Erde zurück darf.

»Du bekommst einen Testtag. Sozusagen als Bewährung. Oder auch Schutzengel auf Probe. Und du darfst sogar bei deiner Frau sein. Du bist ihr Schutzengel für 24 Stunden.« Sam war mehr als glücklich darüber. Max erklärte ihm, was er machen kann, und was er nicht konnte. Er konnte verhindern, dass sie sich verbrühte oder von der Leiter fiel. Als Schutzengel hatte er die Möglichkeit, Gefahren vorherzusehen und sie zu verhindern, bevor sie passieren. Er konnte also rechtzeitig eingreifen.

»Egal was passiert, du darfst nicht zulassen, dass ihr etwas zustößt.«, erklärte Max im ernsten Tonfall. Als ob er jemals zulassen würde, dass ihr etwas zustößt. Sam würde sein Leben geben, wenn er noch könnte, nur um sie zu schützen.

Am nächsten Tag sollte es soweit sein. Dann wären auf der Erde wieder drei Tage vergangen, aber genau an diesem Tag sollte so einiges passieren, deshalb konnte er da zeigen, was er kann und wie ernst er es meinte.

Sam wurde auf die Erde gebracht, und Jakob war immer in seiner Nähe. Er sah Amy beim Aufstehen zu. Sam hatte sie schon einige Erdtage nicht mehr gesehen, da er nicht so oft runter durfte. Und auf den Fernseher konnte er sie ja auch nicht lange ansehen. Amy hatte sich etwas verändert. Sie wollte das Haus renovieren, hatte eine neue Frisur und war dabei einiges im Haus zu ändern, was sie zu sehr an den Tod von Sam erinnerte. Sie zog sich an und machte sich einen Kaffee. Der Kaffeegeruch gefiel ihr aber dann doch nicht, und sie machte sich lieber einen Tee. Jakob sah, wissend in eine andere Ecke. Er schien mehr zu wissen, als er sagte. Sams Schutzengelinstinkte schlugen Alarm. Er sah vor seinem inneren Auge wie Amy gleich stolpern und sich den Kopf anhauen würde. Das durfte natürlich nicht passieren. Als Amy nicht hinsah, nahm Sam alles aus dem Weg, worüber die stolpern konnte. Die innere Warnung war weg, und Amy konnte, ohne zu stolpern, ins

Wohnzimmer gehen. Sie las ein Buch. Und ein paar Stunden war alles ruhig. Amy wollte später in die Stadt und einkaufen.

Die ganze Zeit hatte sie das Gefühl, als ob sie beobachtet werden würde. Und sah sich immer wieder um.

»Was hat sie?«, fragte Sam Jacob.

»Es kann sein, dass sie dich spürt. Oder eine Ahnung hat. Sie fühlt sich beobachtet oder deine Anwesenheit. Eure Verbindung ist sehr tief.«, erklärte Jakob.

Sie parkte ihr Auto in einer Tiefgarage in der Nähe des Einkaufszentrums. Amy war nicht sonderlich aufmerksam an diesen Tag. Ihre Gedanken drehten sich ständig um den Traum mit Sam. Wenn sie einkaufen, war, und Sams

Lieblingsgemüse sah, stiegen ihr die Tränen in die Augen, und es lag nicht daran, dass es Zwiebeln waren. Sam liebte alles mit Zwiebeln. Sie ahnte ja nicht, wie nah Sam ihr gerade war. Als sie fertig war, wollte sie auf dem Weg zum Auto, eine Straße überqueren. Sie starrte gedankenverloren auf ihr Handy und übersah ein Auto, das sich näherte. Sams Instinkte ließen ihn sehen, was passieren würde. Er hatte nur ein paar Sekunden zum überlegen. Er entschied sich, in eine Person zu schlüpfen, die in der Nähe war, um Amy zu warnen. Ein älterer Mann, mit kräftiger Stimme, rief ihr zu:

»Hey sie da. Passen sie auf. Ein Auto kommt.«. Amy sah zu Seite, und sprang noch rechtzeitig weg.

Sam ging aus dem Körper des Mannes und schüttelte sich kurz. Der Mann hatte keine Ahnung, was gerade passiert war, er wunderte sich nur kurz über seinen Blackout und ging weiter.

Amy fuhr wieder nachhause. Sie hatte noch frei, und wollte abends ein paar Sachen aussortieren. Sie fand alte Fotos von ihr und Sam, aus glücklichen Tagen. Ihre Hochzeitsfotos gaben ihr den Rest. Sam stand neben ihr, als Amy einen Weinkrampf bekam.

»Du hast versprochen, du bist immer für mich da. Du wolltest immer da sein. Wo bist du jetzt?« Sie weinte fürchterlich, Amy schrie fast schon. Ihre Verzweiflung kam wieder hoch. Sie packte alles zusammen, und schrie immer wieder.

»Nein. Du bist nicht hier. Du bist gegangen.« Sam brach es wieder das Herz, und er fühlte ihren seinem Herzen. Er fasste sich an sein Herz und schrie auf. Amy nahm alle Sachen und lief damit im Dunkeln vor das Haus. Sie kippte alle Sachen aus und wollte gerade eine Streichholzschachtel aus ihrer Hosentasche nehmen und alles anzünden, als ein Auto in die Einfahrt gefahren kam.

»Jessica wird sie aufmuntern und trösten.«, sagte Jakob. Und sah Jessica wehmütig nach. Sam bemerkte diesen Blick, und sah, dass er Jessica kannte.

»Du kennst sie?«, fragte er nach. Jakob wurde nachdenklich und nickte.

»Ja. Sie ist meine kleine Schwester.« Verwundert sah Sam ihm an.

»Wie lange bist du schon tot?«. Während Jessica, Amy in die Arme nahm, erzählte Jakob seine Geschichte.

»Ich bin vor 7 Jahren gestorben, als Jessica gerade erst 18 Jahre alt war. Ich war 21. Und hatte einen Autounfall. Ich war ihr Vorbild. Jessica konnte nicht begreifen, warum ich nie wieder kam. Noch heute hat sie ein Foto von mir auf ihrem Nachttisch stehen.« Er hatte sich damals entschieden, Todesengel zu werden, weil es eine schöne Sache ist, Menschen ohne Angst ins Jenseits zu bringen. So konnte er auch seine Großmutter begleiten, die sich sehr freute, ihn wiederzusehen.

»Ich kann mich erinnern, Amy und ich waren auf deiner Beerdigung.«

»Ich weiß, deshalb wollte ich auch dein Todesengel sein. Als Dank dafür, dass du für Jessica da warst.« Erzählte er Sam.

Jessica half Amy hoch und nahm ihr die Sachen ab.

»Ich kann nicht mehr hierbleiben. Es tut so weh.« , weinte sie in Jessicas Armen.

»Du packst ein paar Sachen zusammen, und bleibst erst mal bei mir.«, schlug Jessica vor.

Sie fuhren in die Stadt zu Jessicas Wohnung. Und Amy legte sich erst mal auf das Sofa, und schlief sofort ein.

»Wir können jetzt gehen, dein Probetag ist vorbei Sam.«, erklärte Jakob. Sie verschwanden wieder ins Jenseits und ließen Amy schlafen.

»Wie hab ich mich geschlagen?«, fragte Sam nach. Max wartete bereits auf sie.

»Ich muss schon sagen, gute Leistung. Du hast Amys Leben zweimal gerettet. Sehr gut. Ich werde mich bald bei dir melden und dir einen Schützling zuteilen.«, erklärte er ihm. Sam war etwas enttäuscht, er hatte gehofft, Amys Schutzengel zu werden, aber darauf hatte er wohl leider keinen Einfluss. Also blieb ihm nur übrig, sie im TV zu beobachten. Er war jetzt ein Schutzengel. Und musste sich auf seine Aufgaben konzentrieren. Doch er dachte die meiste Zeit an Amy. Er erschien ihr ab und zu in ihren Träumen, um wenigstens etwas Zeit mit ihr zu haben.

Während Sam auf seinen ersten Schützling aufpassen musste, außer wenn er schlief, hatte Jessica bemerkt, dass mit Amy etwas nicht stimmte. Sie hatte eigenartige Launen und Gelüste entwickelt. Sie reagierte schnell gereizt, und hatte zugenommen. Jessica kam ein Verdacht auf.

»Sag mal Amy, ist dir eigentlich aufgefallen, dass du zugenommen hast? Ich meine du stopfst all dieses merkwürdige Zeug in dich rein.« Sie zeigte auf die Chips und Schokolade auf den Tisch.

»Du bist dauernd gereizt oder müde. Wenn ich es nicht besser wüsste, würde ich denken, du bist schwanger.« Sie sahen sich beide an, als hätten sie einen Geistesblitz gehabt.

»Du Amy? Wann hattest du das letzte Mal deine Tage?« Amy überlegte und sie konnte sich gar nicht mehr daran erinnern. Sie sah in ihren Kalender nach, wo sie es immer eintrug. Sie blätterte und blätterte. Und dann sah sie den Eintrag, das war genau 4 Wochen vor Sams Tod. Schockiert sah sie Jessica an.

»Jessi, tue mir ein Gefallen, und geh in die Drogerie und hol einen Test.« Amy stellte überraschend fest, dass ihre Klamotten ihr wirklich schon länger nicht mehr passten. Und ihr nach Sams Tod öfter mal übel war. Sie hatte es aber immer auf die Trauer geschoben. Und ihr Essverhalten schob sie auf den Frust und Langeweile. Sie berührte ihren Bauch und bemerkte, dass es kein Fett oder Speck war, was sie fühlte. Langsam glaubte sie auch, dass sie schwanger war. Jessica rannte sofort los. Als sie wieder kam, ging Amy schnell ins Bad, denn pinkeln musste sie eh dringend. Sie machte den Test, und las das Ergebnis ab.

»Amy? Alles ok?«, schallte es von der anderen Seite. Amy sah immer noch ungläubig auf den Test. SCHWANGER. Sie überlegte wann das passiert sein muss. Ihr fiel die letzte wunderschöne Nacht mit Sam ein, den Wunsch, den beide hatten, bevor er starb. Er hatte ihr ihren persönlichen Wunsch erfüllt, und ihr etwas von sich da gelassen. Sie musste weinen. Sie konnte es nicht glauben. Sie würde Mutter werden. Sie öffnete die Tür und sah Jessica an.

»Ich bin schwanger. Sam hat mir vor seinem Tod wirklich noch etwas geschenkt.«, wieder berührte sie ihren Bauch und streichelte ihn, und bekam von innen auch gleich einen Tritt zurück, wobei sie erschrak.

»Es hat mich getreten.« Lachte sie. Sie machten sich sofort auf zum Arzt.

Der Arzt untersuchte sie und erklärte ihr, dass es schon oft vorgekommen ist, dass Frauen ihre

Schwangerschaft nicht bemerkten. Der Arzt machte einen Ultraschall und stellte fest, dass Amy bereits im 7. Monat war. Daher konnte sie auch schon ordentlich Tritte spüren. Sie hätte auch erfahren können, was es wird, aber wollte es noch nicht wissen. Amy musste weinen, als sie das Baby auf dem Monitor sah. Sie konnte es nicht glauben.

Amy und Jessica beredeten wie es weiter gehen sollte. Nach langem Nachdenken entschloss sich Amy wieder ins Haus zurückzuziehen. Sie brauchte nun Platz für sich und das Baby, und statt zu trauern freute sie sich auf das Kind. Ihre Freunde halfen ihr, das Kinderzimmer einzurichten. Da die Schwangerschaft so unverhofft kam und sie nur noch wenige Monate hatten, mussten sie sich ganz schön beeilen. Wenn Sam sie im Engels-TV beobachtete, schlief sie immer schon. So bekam er gar nichts mit von ihrer Schwangerschaft. Schutzengel sein bedeutete, einen Fulltime Job zu machen. Nur wenn sein Schützling schlief, hatte er mal etwas Zeit.

Schützlinge

Sams Schützling war ein älterer tollpatschiger Mann. Bei ihm hatte Sam viel zu tun. Ohne Schutzengel würde er wohl wahrscheinlich sogar vom Stuhl fallen beim Frühstück, dachte Sam. Das Alter macht eben etwas tollpatschig. Sam selbst würde nie in den Genuss des hohen Alters als Mensch kommen. Als Engel altert man schließlich nicht, aber man sieht seine Verwandten irgendwann wieder hier oben.

Als sein Schützling mit 81 Jahren an Jakob abgegeben wurde, war Sam etwas traurig. Er hat den alten Mann ins Herz geschlossen, doch auch seine Zeit war auf Erden irgendwann zu Ende. Und so sah Sam ihn dann im Jenseits wieder. Eine Zeit lang war Sam nun arbeitslos als Schutzengel. Ihm fiel ein, dass er doch eigentlich auch Amys Mutter hier treffen müsste, und fragte bei Jakob nach, ob er sie hier schon gesehen hatte, oder sogar ins Jenseits begleitet hatte.

»Ich kann mich an sie erinnern. Es ist 16 Jahre, her als sie gestorben ist. Sie war einige Zeit hier. Aber dann hab ich sie nicht mehr gesehen. Ich kann mich ja mal umhören, was mit ihr ist.«, versprach er. Es dauerte nicht lange und Sam bekam vorübergehend einen neuen Schützling zugeteilt. Die

Schutzengelbehörde hatte einige gute Gründe, warum sie Sam immer beschäftigen musste.

Es war eine junge Frau, die anfällig dafür war, Dinge umzuwerfen, und in andere Leute hinauszulaufen. Ihr eigentlicher Schutzengel hatte Urlaub, denn auch Engel machen mal Pause und müssen schlafen. Die Frau hieß Amanda, und war 21 Jahre alt. Als ihr Schutzengel hatte man viel tun. Sie fiel selbst im Schlaf aus dem Bett. Sam musst immer hinterher sein.

Während Sam auf Amanda aufpasste, forschte Jakob nach seiner Schwiegermutter. Da sie nicht mehr auffindbar war in der Liste der Engel, suchte er in der Liste der Seelen, die für die Reinkarnation vorgesehen waren nach ihr. Er wurde fündig. Sie wollte wiedergeboren werden, als ein neuer Mensch. Aber nicht als irgendeiner, sondern in einem Verwandten. Sie war seit 2 Jahren Monaten bereits, dort wo sie sein wollte. In der kleinen Tochter von Eric. Sie hatte den Wunsch, in der Nähe ihrer Familie zu sein. Allerdings durfte Jakob Sam das nicht verraten. Denn alles hatte seinen Grund. So der Grundsatz der Engel. Es fiel ihm eh schon schwer, Sam nichts von der Schwangerschaft zu erzählen. Doch es war ihm verboten. Er durfte es jedenfalls noch nicht erfahren, aber die Zeit würde kommen, schon bald.

Jakob erzählte Sam also nur, dass seine Schwiegermutter nicht mehr hier war, weil sie wiedergeboren wurde. Als was oder wen, unterliegt der Geheimhaltung. Sam fand es schade, er hätte sie gerne kennengelernt. Jakob fand auch heraus, dass Sams Großeltern nicht mehr hier waren, und beide wiedergeboren wurden. Sie würden also ein neues Leben führen, auch wenn es schön gewesen wäre, seine Verwandten oder Vorfahren kennenzulernen. Sam musste sich auf seinen Schützling Amanda konzentrieren. Manchmal sah er Amy in ihren Träumen zu, und er bemerkte, dass sie gar nicht mehr so sehr zu trauern schien, wie noch vor Monaten. Sie war viel beschäftigt genau wie er. Sam freute sich, dass ihr Leben weiterging. Auch er hatte gut zutun. Amanda hielt ihn auf Trab. Keine Sekunde konnte er sie alleine lassen, da war es nicht verwunderlich, dass ihr Schutzengel mal eine Pause brauchte. Er war sogar in einer anderen Stadt, aber sehen konnte er nicht viel davon. War Amanda doch schon wieder in Gefahr. Jemand sollte ihr Mal das Handy wegnehmen. Sie war ständig abgelenkt davon und wurde fast von einem Fahrradfahrer, auf dem Weg nach Hause, umgefahren. Sam lockte einen Hund zu ihr, der dann bellte und Amanda zum Hochsehen brachte. Tiere konnten Engel sehen und spüren. Sie ahnte nicht, wie viel Glück sie hatte mit Sam. Er fragte sich, wie wohl sein Schutzengel hieß und was er machte. Ob er überhaupt einen brauchte? An dem Tumor konnte er ja nichts ändern. Und wo war Amys Schutzengel gewesen? Sam beschloss, im Jenseits mal seine Kollegen kennenzulernen. Der Schutzengel von Amanda konnte wieder arbeiten also hatte Sam vorerst frei.

Also fragte er Jakob bei Gelegenheit, wer denn die anderen Schutzengel wären.

»Hey Josh, komm mal rüber.«, winkte er einen Engel her.

»Josh, du erinnerst dich an Sam?«, er sah ihn an und wusste sofort, wer er war.

»Natürlich weiß ich das. Ich hab auf dich aufgepasst, seit du auf der Welt warst. Schön endlich mit dir reden zu können. Obwohl, ich glaube, als Kind hab ich mit dir auch schon nette Unterhaltungen geführt. Das ist der Vorteil bei Kindern, sie sehen uns noch.« Er nahm Sam in den Arm. Sam bedankte sich dafür, dass er auf ihn aufgepasst hatte, auch wenn er sich nicht mehr an die Unterhaltungen erinnern konnte. Amys Schutzengel war gerade im Dienst. Er musste ja fast auf zwei Menschen aufpassen gerade, durch die Schwangerschaft. Aber diesen Teil verschwieg Jakob Sam noch immer. Jeden Abend, wenn die Schützlinge schliefen, mussten die Schutzengel Berichte schreiben, über besondere Vorkommnisse. Auch Sam blieb nicht verschont.

Die Chefetage der Schutzengel wollte noch nicht, dass er von der

Schwangerschaft erfuhr, also mussten sie ihn beschäftigen mit schwierigen Fällen. Es gab also mehr als genug besondere Vorkommnisse. Sie mussten ihn beschäftigen, bis es an der Zeit war für Sam, zu erfahren warum er so viel arbeiten musste. Wenn Sam nicht schon tot wäre, würde er wohl wahrscheinlich tot ins Bett fallen danach.

Auf der Erde war einiges los. Es waren inzwischen mehrere Wochen vergangen und Amy stand schon kurz vor der Geburt. Das Laufen war anstrengend, das Baby hatte sehr kräftige Tritte, vor allem auf die Blase. Sie machte sich Sorgen, wie sie alles alleine schaffen sollte. Sam war nicht da, und ihr eigener Vater war ein paar hunderte Kilometer entfernt von ihr. Zum Glück hatte sie Jessica, Eric und Zoe, die regelmäßig nach ihr sahen. An diesem Morgen stimmte etwas nicht. Amy fühlte sich merkwürdig und sie spürte ein leichtes Ziehen. Es war noch auszuhalten und sie wartete ab. Allerdings war sie am Geburtstermin und stellte daher schon mal ihre Tasche bereit und rief die Mädchen und Eric an.

»Hey Jess, sagst du den anderen Bescheid, dass ich heute wahrscheinlich ein Baby bekomme. Ich glaube, ich hab Wehen.«, lachte sie. Langsam wurden die Wehen stärker und sie rief sich ein Taxi.

Sam spürte, dass etwas nicht stimmt mit Amy. Er wusste, es ging ihr nicht gut und er wurde nervös.

Amy stieg ins Taxi und fuhr ins Krankenhaus, während sie immer wieder Wehen veratmete. Jessica und Zoe machten sich mit Eric auf den Weg in die Klinik.

Sam wollte wissen, was los war, und fragte Jakob, ob er was wusste. Doch er konnte und durfte noch nicht viel sagen.

»Alles gut mach dir keine Sorgen. Es geht ihr bald besser. Versprochen.«, sagte Jakob beruhigend zu ihn. Sam dachte an das Schlimmste, und bekam Panik. Schließlich war es der ultimative Beruhigungssatz des Todesengels, vor dem Tod eines Menschen. Er wollte bei ihr sein, aber Jakob hielt ihn zurück.

»Du kannst jetzt nicht runter, du bekommst nachher einen neuen Schützling zugeteilt.« Das war Sam gerade egal, er wollte zu Amy.

Amy hatte starke Wehen, und war schon im Kreißsaal. Lange würde es nicht mehr dauern, und da die Zeit im Jenseits langsamer verging als auf der Erde, ging es für Amy auch schneller vorbei, während Sam fast durchdrehte vor Sorgen. Er rannte nervös hin und her. Er spürte ihre Schmerzen und hielt es kaum aus.

Einige Erdstunden später, erlöste Jakob ihn dann.

»So hier ist dein neuer Schützling. Ich bring dich zu ihm.« Er zeigte ihm eine Akte, und sie war noch sehr dünn, was Sam wunderte. Sie gingen durch das Portal, und waren im

Krankenhaus. Sam war verwirrt und wusste nicht, was er hier sollte. Er hörte eine Frau schreien vor Schmerzen. Die Stimme kam ihm bekannt vor, und auch die anderen Stimmen, der Personen, die bei ihr zu sein schienen.

»Was soll das? Was mach ich hier? Und wo ist mein Schützling«. Jakob zeigte zu Amy und den anderen und sagte:

»Dein Schützling wird gerade geboren.«, er lächelte zufrieden und erleichtert, dass er es endlich sagen durfte. Sam ging näher ran, und verstand erst nicht, was los war. Dann sah er Amy, wie sie vor Schmerzen schrie und ihren Bauch hielt. Sie bekam ein Baby. Aber von wem? Er dachte erst von jemanden anderen.

Und noch bevor er viel darüber nachdenken konnte, holten der Arzt und die Hebamme das kleine Mädchen auf die Welt, und legte es Amy in den Arm.

Amy weinte vor Glück.

»Hallo Kleine.« Eric fragte, wie die Kleine heißen soll.

»Sie heißt Samantha, nach ihren Vater.« Jetzt verstand Sam, dass es seine Tochter war. Er sollte der Schutzengel seiner eigenen Tochter sein. Er durfte sie aufwachsen sehen, und bei ihr sein. Sam musste weinen. Und berührte ihre Wange ganz sanft.

»Hallo meine Kleine. Ich bin dein Papa und dein Schutzengel für den Rest deines Lebens. Und ich schwöre immer auf dich aufzupassen.« Die kleine Samantha konnte in diesem

Moment die Berührung spüren und ihren Papa sehen. Denn Neugeborene sehen Dinge noch anders als Erwachsene. Sams und Amys Tochter wurde dann zu ihrer ersten Untersuchung gebracht, aber Sam wich ihr von diesem Moment nicht mehr von Seite. Allerdings hatte er auch immer ein Blick auf Amy. Und zum ersten Mal sah er den Schutzengel von Amy.

»Hey Sam, ich bin Phil. Amys Schutzengel. Wir werden uns wohl nun jeden Tag sehen.«, sagte er lächelnd. Sam sah ihn an und staunte, er hätte Footballspieler sein können. Muskulös, dunkelhaarig und gut aussehend. Er hatte gute Arbeit geleistet bei Amy. Sie hatte es heile und rechtzeitig in die Klinik geschafft.

Wiedersehen

Samantha wuchs immer wohl behütete auf. Auch dank Sam. Er verhinderte, dass sie als Baby von der Wickelkommode fiel, und als Kleinkind aus dem Bett. Als sie drei Jahre alt war, kam sie in das Alter, wo Kinder imaginäre Freunde entwickeln. Allerdings war ihr eingebildeter Freund nicht eingebildet. Sie konnte Sam nämlich sehen und hören. Was Sam freute, so konnte sie sich mit ihm unterhalten. Amy machte sich manchmal Sorgen, denn Samantha sagte, ihr Freund wäre ihr Daddy und ist ein Engel. Amy schaute sich oft Fotos mit ihr an, um ihrer Tochter zu zeigen, wer ihr Vater war. Natürlich erkannte die Kleine ihm. Und Sam musste immer lachen, wenn sie von ihm erzählte. Amy ließ sie in dem Glauben, dass ihr Daddy ein Engel war. Samantha wusste es natürlich besser.

Samantha saß mit Amy auf dem Sofa und Amy glaubte, sie fantasiere wieder.

»Mami, sieh doch da drüben auf dem Sessel sitzt Daddy und schaut uns zu.«, Sam musste lächeln, aber Amy sah ihn leider nicht.

An einem Abend als Amy, Samantha ins Bett brachte, sagte Sam zu seiner Tochter, er soll ihrer Mutter etwas ausrichten.

»Daddy sagt, ich soll dir sagen, er liebt dich und ist immer bei uns.«, sie lächelte Amy an und kuschelte sich in ihre Decke.

»Das ist schön, süße. Schlaf jetzt sag Daddy, ich liebe ihn auch.«, antwortete Amy und wollte raus gehen.

»Aber Mami, er kann dich hören.«, grinste sie zurück. Sam blieb noch eine Weile bei Samantha, bis sie einschlief und ging dann zu Amy. Er sah ihr zu, wie sie das Haus aufräumte und den Abwasch machte. Er sah Phil, Amys Schutzengel und sprach mit ihm.

»Geht es ihr gut? Sie sieht traurig aus.«, stellte Sam fest.

»Ja alles okay. Wenn deine Tochter von dir spricht, vermisst sie dich einfach, das ist ganz normal.«, erklärte er Sam.

Amy nahm ein Buch und las darin, während er ihr dabei zusah, streichelte Sam ihre Wange.

»Wenn ich doch nur mit ihr sprechen könnte. Außer über die Träume.«, seufzte er. Nachdenklich sah Phil auf den Boden.

»Vielleicht gibt es eine Möglichkeit, und ich meine nicht, die normale Art in ein Medium zu schlüpfen oder sowas.«, überlegte Phil. Sam wurde hellhörig.

»Was meinst du?«, fragte er.

»Es ist selten, aber bei Menschen wie euch, die eine sehr tiefe und starke Verbindung zueinander haben, ist es vielleicht möglich.«, versuchte er zusammen zufassen.

»Sag schon.«, drängte Sam ihm.

Er erklärte Sam, dass er sich voll auf Amy konzentrier musste, mit all seiner Liebe zu ihr. Und er würde ihr dann erscheinen können, sie würde mit ihm reden können und ihn sehen können. Der Nachteil ist nur, dass es sehr anstrengend ist.

Sam nahm sich vor, seine Tochter einzuweihen und ihrer Mutter zu sagen, dass er mit ihr sprechen will.

Amy stand in Samathas Zimmer und wollte aufräumen.

»Mami, ich soll dir von Daddy sagen, er möchte jetzt mit dir sprechen.« Amy sah ihre Tochter traurig an.

»Daddy ist doch ein Engel und im Himmel Schatz.«, erklärte Amy. Samantha schüttelte den Kopf.

»Ich weiß, und er ist immer bei mir wirklich. Und er hat einen Weg gefunden, mit dir zu reden.«, sie redete ernst auf ihre Mutter ein.

»Na gut, dann soll Daddy mit ihr reden.«, Amy gab nach und setzte sich auf Samanthas Stuhl am Schreibtisch und wartet darauf was passiert, sie war sich sicher, dass ihre Tochter einfach nur fantasierte.

Sam sah Amy an und fühlte pure Liebe in sich. Er konzentrierte sich auf dieses Gefühl und spürte eine wohlige Wärme ins sich aufsteigen. Aus dieser Wärme ging ein helles Licht hervor, und Sam nahm vor Amy Gestalt an.

»Was zum Teufel. .Sam?«, Amy sah Sam geschockt an, Tränen liefen ihr die Wange runter und sie stand auf und ging zum Fenster, wo Sam stand.

»Ja meine Schöne, ich bin es.«, sagte Sam, und es fühlte sich so gut an mit ihr reden zu können.

»Wie?«,brachte Amy nur raus. Sie wollte ihn berühren, aber konnte es nicht.

»Es ist möglich, weil unsere Liebe so stark ist. Aber nur für eine gewisse Zeit, es strengt mich sehr an. Aber ich bin wirklich die ganze Zeit bei unserer Tochter, als Schutzengel. Ich passe auf sie auf, seit ihrer Geburt. Und ich bin sichtbar, weil ich dir sagen will, dass ich dich über alles liebe, und wir eines Tages wieder zusammen sein werden. Ich werde auf dich warten.«, Sams Kraft ließ langsam nach.

»Ich muss mich nun wieder auflösen, aber ich bin hier. Immer. Ich liebe dich.«, er berührte sanft ihre Wange und wollte sie küssen, Amy spürte nur einen warmen Hauch davon, sie wollte nach Sam greifen.

»Geh nicht.«, weinte sie. Sam löste sich auf und flüsterte noch:

»Ich bin nie weg, vergiss das nicht.«

Amy ließ sich weinend auf die Knie fallen und nahm Samantha in den Armen.

Phil stand neben Sam und lächelte ihn an.

»Und wie fühlst du dich?«

»Erschöpft aber glücklich darüber mit ihr geredet zu haben. Danke für deine Hilfe.«

Als Samantha älter wurde, konnte sie ihm nicht mehr sehen und hören. Aber sie spürte, dass ihr Dad immer in der nähe war. Auch Amy hatte oft das Gefühl, er wäre bei ihr und würde sie schützen, vor allem nach der Begegnung mit ihm als Engel.

Als Samantha ein Teenager von sechzehn Jahren war, wurde Sam noch aufmerksamer.

Sie fing an auf Partys zugehen und heimlich Alkohol zu trinken, als guter Vater, hatte Sam natürlich ein Auge auf sie.

Eines Abends nach einer Party, war sie mit Freunden auf den Weg nach Hause, alle waren stark angetrunken. Der Fahrer, ein 17-jähriger Junge aus ihrer Klasse, verlor die Kontrolle über sein Auto, als er abgelenkt wurde von seinem Beifahrer. Der Wagen drohte sich zu überschlagen, aber Sam und der Schutzengel des Fahrers, griffen rechtzeitig ein, damit der Wagen stehen blieb und alle nur ein paar Prellungen davon trugen. Sie stießen an einem Baum und ein entgegenkommendes Auto hielt an und rief den Notruf.

Alle vier Insassen kamen ins Krankenhaus und konnten sich eine Standpauke ihrer Eltern anhören. Auch Amy hielt Samantha eine Predigt.

Sie bandelte langsam mit den ersten Jungs an. Und Sam wusste natürlich nicht nur als Schutzengel, wer gefährlich für sie werden könnte, sondern auch als Vater. Ein paar Jungs hatte sie schon hinter sich. Der

Erste war ein Junkie und Amy wusste es, wie auch Sam, dass er nicht gut für sie war. Aber so stur wie sie als Teenager war, sah sie es irgendwann ein, dass sie ohne ihn besser dran war. Sam ließ sich viele Tricks einfallen, damit Samantha merkte, wie die Jungs wirklich drauf waren. Mit achtzehn war Sam dann sogar bei ihren Abschlussball dabei. Er verhinderte eine peinliche Aktion, die ihr fast passiert wäre. Sie wäre beinahe über ein Kabel gestolpert.

Auf dem College passte er auf, dass sie keine schlechten Erfahrungen machen musste, die sie später bereuen würde.

Mit Mitte 20 heiratete sie ihren Verlobten James. Sie bekamen Kinder und Sam war bei den

Geburten dabei, und sorgte dafür, dass sie ohne Probleme im Krankenhaus ankamen, und ihr Mann nicht noch alles vergisst mitzunehmen. Er war nun Grandpa.

Amy war mit ihrem Auto unterwegs Einkäufe erledigen, als sie etwas unachtsam wurde und ein entgegenkommendes Auto übersah, und in es reinfuhr. Ihr Schutzengel reagierte zu langsam und sie wurde schwer verletzt ins Krankenhaus gebracht. Sie lag im Koma und wachte eine lange Zeit nicht mehr auf. Samantha besuchte sie und Sam brach es das Herz sie so zusehen. Er schnappte sich Phil, und wollte wissen, was passiert ist. Phil entschuldigte sich, aber er konnte nichts mehr tun. Sam berührte Amys

Hand und tauchte in ihren Träumen auf. Er konnte nicht anders, er hatte das dringende Gefühl bei ihr sein zu müssen.

Er fand sich in einem dichten Nebel wieder und rief nach Amy. Sie hatte sich verlaufen und fand den Weg nicht. Sam versuchte, ihr den Weg zu weisen.

»Amy folge meiner Stimme.«, er rief immer wieder nach ihr, doch sie kam nicht.

»Amy, Amy«,verzweifelt suchte er nach ihr. Dann traf er auf Jakob.

»Was machst du denn hier?«, er sah ihn hilfesuchend an. Jakob blickte traurig nach unten, um Sam schonend klar zu machen, dass es nicht gut aussieht für Amy.

»Es tut mir leid. Sie wird nicht aufwachen aus dem Koma. Die Verletzungen sind zu stark. Lass sie gehen. Du wirst sie ja bald wieder sehen.«, versuchte er zu erklären. Selbst wenn es so war, wollte Sam es nicht wahrhaben. Jakob verschwand wieder, aber Sam suchte im Nebel verzweifelt weiter nach Amy. Er irrte umher und hörte immer wieder ihre Stimme.

»Amy folge meiner Stimme, kämpfe verdammt noch mal. Kämpfe. Amy.«, weinend brach er zusammen, und kam aus dem Nebel zurück.

Während seine Tränen liefen, blickte er verzweifelt zu Amy in ihrem Bett.

Amy irrte im Nebel umher, auf der Suche nach einem Weg, sie rief Sams Namen, aber fand ihn nicht. Der Nebel war zu dicht und alle die Nebelgestalten machten ihr zusätzlich angst.

Sie hörte die Stimmen ihrer Familie, und versuchte sich bemerkbar zu machen.

»Ich bin doch hier, hört ihr mich nicht.«, rief sie durch den Nebel.

Die Wochen vergingen und Amy lag immer noch im Koma, immer wieder versuchte Sam sie aus dem Nebel des Komas zu holen.

Samantha und ihre Familie besuchten sie an diesem Tag ein letztes Mal, um Abschied zu nehmen.

»Sie müssen sich verabschieden. Ihre Mutter liegt nun seit einem halben Jahr im Koma und es gibt keine Hoffnung und keine Anzeichen, dass sie je wieder aufwachen wird. Sie kann nicht alleine atmen.«, erklärte ihnen der Arzt.

Jakob stand mit Sam am Bett von Amy und versuchte ihm zu erklären, dass er sie später im Jenseits sehen würde. Er sollte nicht traurig sein. Sam war geteilter Meinung darüber. Samantha würde ihre Mutter verlieren, doch er hätte sie wieder. Was sollte er davon halten?

Samantha nahm Abschied von Amy.

»Hallo, Mum. Vielleicht hörst du uns ja doch.«, sie nahm Amys Hand und hielt sie ein letztes Mal, während sie weinte und ihre Stimme zitterte.

Amy hörte ihr im Nebel zu.

»Ich höre dich, und ich hab Angst.«, sagte sie, aber niemand hörte sie. Der einzige der im Nebel bei ihr war, war Jakob. Er wartete geduldig auf seinen Einsatz und ging langsam näher zu Amy.

»Du hast lange gekämpft, Mum. Wir müssen dich gehen lassen.«, flüsterte Samantha, diese Worte zu sagen, fiel ihr schwer und es schmerzte sie ihre Mutter so zusehen, an diesen ganzen Geräten. Sam legte eine Hand auf die Schulter seiner Tochter.

Amys Schutzengel war schon lange gegangen, er konnte nun auch nichts mehr machen.

Amy irrte immer noch im Nebel umher, der immer dichter wurde. Sie blieb stehen und spürte eine Hand in ihrer eigenen.

»Hab keine Angst Amy. Ich bin bei dir. Du wirst friedlich einschlafen. Ich werde dich begleiten.«, Jakob lächelte sie an. Amy hatte gehofft, dass es Sam sein würde, aber er stand gerade Samantha bei.

»Leb wohl, Mum. Wir sehen uns irgendwann wieder.«, sie gab ihrer Mutter einen letzten Kuss auf die Stirn. Die Ärzte kamen rein und machten einige letzte Untersuchungen.

»Wir werden jetzt die Geräte nach und nach abschalten.«, erklärte der Oberarzt.

Amy erschlaffte im Bett immer mehr, ihr Herzschlag wurde langsamer und sie hörte auf zu atmen. Jakob nahm sie mit aus dem Nebel, und brachte sie ins Jenseits.

Wie gerne würde, Sam jetzt seine Tochter in den Arm nehmen und sie trösten. Es war so schwer, hier unten auf der Erde zu sein, während Amy gerade mit Jakob im Jenseits unterwegs war.

Entscheidungen

Im Haus von Sam, im Jenseits wartete Amy bereits auf ihren Mann. Sie war nervös, hatte sie ihn doch schon ewig nicht mehr gesehen. Es kam ihr vor, wie das erste Date.

Als es Abend auf der Erde war, kam Sam zurück ins Jenseits.

Sam hatte keine Ahnung, ob Amy auf ihn wartete oder woanders war. Er öffnete betrübt von dem Tag, seine Haustür und trat ein. Im Wohnzimmer wartete eine Überraschung auf ihn.

»Amy? Bist du es wirklich?«, er traute seinen Augen nicht. Amy stand auf und sah ihn verliebt an, ihr Engelsherz klopfte spürbar schneller. Sie sah so jung aus wie, an dem Tag, als er starb. Das Jenseits hatte sie zurückverwandelt, um einen Ausgleich zu schaffen und ihre Geduld und ihre Verbindung zueinander zu belohnen.

»Sam. Du bist es. Endlich.«, sie rannte zu ihm und fiel ihm in die Arme. Sie sahen sich sehnsüchtig an und küssten sich.

Sam musste immer wieder auf die Erde zu Samantha und auf sie aufpassen, es kam der Tag, an dem er meinte, es wäre Zeit für eine Veränderung. Er vermisste Amy jedes Mal, wenn er bei seiner Tochter war. Der Wunsch, bei ihr zu sein, statt bei seiner erwachsenen Tochter, die doch eigentlich auf sich alleine aufpassen könnte, oder vielleicht ein anderer, war groß.

Am Abend sprach er mit Amy darüber, dass er lieber bei ihr sein wollte, und sie beschlossen, mit Jakob zu reden, ob es eine Ausweichmöglichkeit geben könnte, für beide.

»Nun ja, eigentlich hat sich Sam für den Weg des Schutzengels entschieden. Aber Amy hat sich noch nicht entschieden.«, Jakob überlegte.

»Ich werde mich erkundigen und sag euch dann Bescheid.«, meinte er.

Die Tage vergingen und endlich hatte Jakob eine Antwort für beide erhalten.

»Es gibt nur eine Möglichkeit. Ihr müsstet wiedergeboren werden. Jeder in einer anderen Person. Und wenn es euch bestimmt ist, werdet ihr euch auf der Erde, eines Tages wieder begegnen«, erklärte er den beiden.

»Der Boss macht eine Ausnahme bei euch beiden.«, fügte er hinzu.

Sie sollten es sich genau überlegen, denn es würde für beide ein neues Leben bedeuten, und auch eine neue Familie ohne Erinnerungen an das letzte Leben. Sam ging seiner aktuellen Aufgabe als Schutzengel für Samantha nach und überlegte zusammen mit Amy, ob sie ein komplett neues Leben anfangen wollen, oder so weiter wie bisher machen sollten. Beide würden sich nicht mal mehr aneinander erinnern, und Samantha würde einen neuen Schutzengel bekommen.

Ein Neuanfang, in dem sie vielleicht zusammen alt werden würden diesmal. Allein dieser Gedanke war es, der beide zu ihrem Entschluss brachte. Sie wollten es wagen, sie waren sich sicher, dass sie füreinander bestimmt waren, und auch im neuen Leben einen Weg zueinander finden würden. Samantha war erwachsen, und sie mussten sie ziehen lassen, wie jedes Elternpaar es irgendwann tun muss.

Mit dieser Entscheidung gingen sie dann zu Behörde für Inkarnation.

»Wir haben uns entschieden, wiedergeboren zu werden.«, erklärten sie dem Bearbeiter.

»In Ordnung füllen sie einfach erst mal dieses Formular aus. Tragen sie dort ein, als was oder wer sie wiedergeboren werden wollen. Und am Ende unterschreiben sie einfach die Zustimmung zu Löschung der Erinnerung und Entnahme der Seele, wodurch sie dann aufgelöst werden. Alles weitere bemerken sie dann später gar nicht mehr.«, erklärte er ihnen und gab ihnen ein Klemmbrett.

Sie lasen sich alles genau durch und füllten das Formular, mit einem mulmigen Gefühl aus.

»Dann sind das jetzt unsere letzten Minuten. Ich liebe dich Amy, und werde dich auch im nächsten Leben lieben, für immer und ewig.«, versprach Sam ihr.

»Kommen sie jetzt beide mit mir, wir werden nun den Prozess in Gang setzten«, der Bearbeiter zeigte ihnen ein Sessel, indem sie Platz nehmen sollten.

»Schließen sie einfach die Augen und lehnen sich zurück. Sie werden nicht bemerken, es wird einfach geschehen.«, mit einem mulmigen Gefühl setzte sich Sam auf den Sessel und hielt ein letztes Mal die Hand von Amy.

»Bis bald mein Schatz.« Sie küssten sie noch einmal und dann schloss Sam die Augen, um wiedergeboren zu werden.

Sam merkte wirklich nichts, als es losging. Seine Gedanken, Erinnerungen und Gefühle von seinem letzten Leben lösten sich einfach auf, sein Körper verwandelte sich in eine Lichtkugel, die Seelenkugel.

Amy stand gebannt neben den Sessel und war fasziniert über diesen Vorgang.

»Was passiert jetzt?«, fragte sie.

»Nun sind sie dran. Machen sie es, wie ihr Mann, es tut nicht weh. Danach kommen die Kugeln in diese Schleuse.« Der Bearbeiter deutete auf ein weißes Rohr. »Von dort werden ihre Seelen direkt in den passenden Körper geschickt und ihr neues Leben beginnt.«, erklärte er.

Amy tat was Sam zuvor tat, und versuchte sich zu entspannen. Bald würde ihr neues Leben beginnen.

Die Seelenkugeln kamen in die Schleuse und beide wurden in ihre neuen Leben geschickt.

Mit einem Schreien und Wimmern kam ein kleiner Junge im Krankenhaus auf die Welt, er wurde in eine warme Decke gekuschelt und untersucht. Der kleine konnte kaum etwas erkennen und alles war so fremd, doch eines war ihm vertraut, die Stimme einer Frau, in dessen Arme er gelegt wurde.

»Hallo kleiner Collin, ich bin deine Mami. Willkommen auf der Welt.«, sagte die fremde und doch so bekannte Stimme der Frau, die er nun hilfesuchend ansah.

Einige Jahre später traf Collin auf dem College auf ein Mädchen namens Lilly. Sie warfen sich oft schüchterne Blicke zu, und Collin fühlte sich von ihr magisch angezogen. Bis er sie schließlich fragte, ob sie Lust hatte, mit ihm einen Kaffee zu trinken. Sie unterhielten sich und stellten einige Gemeinsamkeiten fest, zum Beispiel hatten sie am gleichen Tag Geburtstag und glaubten an Engel. Immer wieder bemerkten beide, dass es war, als würden sie sich schon ewig kennen. Beide verband etwas, das sie nicht erklären konnten. Doch Jakob im Jenseits, sah zufrieden auf die Erde herab und lächelte, als er sah, dass sie nun endlich ein glückliches Leben führen konnten.

Sie verabredeten sich immer wieder und verliebten sich schließlich ineinander. Auch von Hochzeit war eines Tages die Rede. In diesem Leben lief es eindeutig besser als im alten. Jakob freute sich auf den Tag, an dem er beide abholen konnte eines Tages, und ihnen von der Geschichte ihres Vorleben erzählen konnte. Aber bis dahin tauschte er sich mit den Schutzengeln von Collin und Amy, sowie mit dem seiner Schwester Jessica aus, die er öfter in ihren Träumen besuchte. Die kleine Emily, wuchs in all den Jahren zu einer tollen Persönlichkeit heran und macht ihren Vater Eric zum stolzen Opa. Er dachte oft noch an seine alten Freunde, zurück bis Jakob auch ihn abholte. Eines Tages war es für Jakob ein besonderer Tag, er sollte seine Schwester abholen.

Sie starb friedlich im Schlaf, als Jakob sie abholte. Er freute sich darauf, sie wiederzusehen.

»Jakob? Bist du es? Träum ich etwa?«, verwirrt sah Jessica ihn an.

»Nein, aber du bist gerade gestorben. Ganz friedlich ohne Schmerzen an Herzversagen.«, er hatte Tränen in den Augen und umarmte seine Schwester. »Du hattest ein langes und erfülltes Leben Schwesterchen. Nun darfst du ruhen.«

Jessica verstand langsam, und wollte eine Frage los werden.

»Sind Sam und Amy auch bei dir?«

Lächelnd sah Jakob sie an.

»Sei unbesorgt, ihnen geht es gut. Sie führen nun ein neues glückliches

Leben. Wenn du willst, zeig ich's dir.«

Sie gingen gemeinsam in das warme helle Licht und Jakob zeigte ihr alles.

Jessica entschloss sich, bei ihren Bruder zu bleiben als Todesengel so konnten sie sehr viel Zeit miteinander verbringen.

No Way Out

1 Kapitel

ALBTRÄUME

»Jessie die Schule ruft. Aufstehen«, rief ihre Mutter vom Flur und holte sie somit aus dem Schlaf. Total verpeilt und noch viel zu müde, streckte sie alle viere von sich und quälte sich aus dem Bett. Den Traum von letzter Nacht wollte sie am liebsten wieder vergessen. War er es doch, der sie die ganze Nacht unruhig schlafen lassen hat.

»Kommst du nun oder muss ich einen Eimer kalten Wasser auf dich schütten?«, rief ihre Mutter.

»Ich komm ja schon, stress doch nicht am frühen Morgen so rum«, rief sie genervt zurück und sprang aus dem Bett. Sie schnappte sich eine Jeans und ein T-Shirt aus ihrem Schrank, suchte ihre Socken zusammen und hüpfte auf einem Bein durch ihr Zimmer, während sie versuchte, ihre Schuhe anzuziehen. Fertig angezogen machte sie sich auf den Weg in die Küche. Meine langen schwarzen Haare machte sie zu einem Zopf zurecht. Sie hatte keine Zeit sich lange mit ihrer Mutter zu unterhalten, und beschloss ihr Frühstück mitzunehmen und in ihren Ranzen zu packen und los zugehen.

Wie immer traf sie dich vor dem Haus mit Ryan, ihren besten Freund, seit dem Kindergarten. Er sah gerade auf sein Handy, als sie ihm kumpelhaft auf die Schulter klopfte, um ihn absichtlich zu erschrecken.

»Hey Ryan, flirtest du wieder mit deinem Pseudomodel? Wie hieß sie noch gleich? Lizzie?«, ungläubig sah sie ihn an. Jessie wusste, wie sie ihn aufziehen konnte. Ryan schrieb seit einigen Wochen mit einem Mädchen aus dem Internet. Er glaubte leider, dass sie echt war. Sie dagegen ahnte das böse Ende schon. Dabei hatte Ryan es gar nicht nötig, sich im Netz nach Mädchen umzusehen. Mit seinem braunen Haaren, und den strahlenden blauen Augen verdrehte er der ganzen Abschlussklasse den Kopf, aber nur Jessie hatte das Privileg, mit ihm befreundet zu sein.

»Sandy heißt sie. Und sie ist echt«, sagte er mit Nachdruck.

Sie zog ihn mit sich an der seiner Jacke, während sie ihn ansah und breit grinste.

»Und das weißt du weil?«, fragte Jessie herausfordernd.

»Wir wollen uns am Wochenende treffen.«, sagte er und ging triumphierend an Jessie vorbei. Er glaubte wirklich, dass sie auftauchen würde. Wie sollte sie ihn beibringen, dass er sich da in was verrannt, hatte, und bald enttäuscht werden würde.

»Als beste Freundin ist es meine Pflicht, dich vor einer möglichen Enttäuschung zu warnen. Ich will nicht, dass man mit dir spielt«, sagte sie im ernsten Ton zu ihm und versuchte ihm in Laufschritt einzuholen.

Den restlichen Weg zu Schule machten sie sich über die Cheerleader lustig, die sich ständig an ihn ranschmeißen wollten. Ryan machte sich einen Spaß daraus ihnen

Hoffnungen zu machen, eine Chance hatte sie allerdings nicht bei ihm. Als Star des Basketballteams freuten sie sich über jede noch so kleine Aufmerksamkeit von ihm. Das Team zog seinen Nutzen daraus, wenn die Cheerleader gut drauf waren.

Kaum waren sie in der Schule angekommen, kam auch schon der erste Cheerleader und das nicht irgendeiner, sondern die Anführerin persönlich. Rachel Laughlin, blond, blaue Augen, ein arrogantes Auftreten, wie kein anderes. Sie dachte wohl, eines Tages würde sie ihn heiraten. Jessie konnte sich Ryan nicht verheiratet vorstellen, keine Ahnung warum, aber es passte nicht zu ihm.

Nach der Schule trafen sich Ryan und seine Basketballfreunde immer noch, um heimlich zu kiffen, die Lehrer bekamen nichts mit, Aber Jessie roch es sofort bei ihm. Er sah sie dann immer mit erweiterten Pupillen an und erzählte nur Blödsinn. Zuhause versteckte er sich dann immer in seinem Zimmer, damit seine Eltern nichts mitbekamen davon, dass er high war.

An diesem Tag war aber etwas anders. Seine Freunde hatten keine Zeit und kam diesmal gleich mit ihr. Als sie an der Straße zur Bushaltestelle ankamen, überkam sie das Gefühl eines Déjà-vus. Vor ihrem inneren Auge lief der Albtraum ab von vergangener Nacht. Ryan, der auf sein Handy starrte und abgelenkt war, wie er über die Straße läuft und von einem Auto überfahren wird und in ihren Armen starb. Ein weißer Transporter fuhr ihn an. Jessie wurde aus ihrer Erinnerung an letzte Nacht wach und sah, wie Ryan auf die Straße lief, während er auf sein Handy sah, von Weitem sah ich den weißen Transporter näher kommen. Ryan machte gerade einen Schritt auf die Straße zu, als das Auto anraste. Geistesgegenwärtig griff sie seinen Arm und riss ihn beiseite. Der Transporter raste an hupend mit einer Höllengeschwindigkeit vorbei. Völlig unter Schock sah Ryan sie an.

»Scheiß Jessie. Was war das? Der Typ hätte mich fast umgefahren.«,sagte er.

»Nicht nur fast. Er hätte dich mit Sicherheit angefahren und getötet. Warum guckst auch nicht nach vorne du Trottel«, meinte sie fast schon sauer. Jessie selbst saß der Schock auch noch in den Knochen und auch ihre

Erkenntnis, dass sie das eben Geschehene letzte Nacht geträumt hatte. Verwirrt sah er sie an.

»Lass uns gehen, ich glaube, du bist wieder klar im Kopf«, meinte Jessie und schubste ihn über die Straße. Sie tat das eben, als Zufall ab, schließlich gab es das oft, dass man mal etwas träumt und es passiert. Aber wer träumt vom Tod eines anderen und verhindert ihn dann. Und wäre es wirklich passiert, oder hätte Ryan selbst noch reagiert? Jessie beschloss es gut sein zu lassen, denn alles war gut ausgegangen.

Ryan steckte sein Handy in die Hosentasche und sah sie immer noch skeptisch an.

»Komisch, es war als, ob du wusstest, dass der Typ gleich einfach nur weiter fährt.«, sagte er verschwörerisch.

»Na ja der war eben schnell und du hast nicht aufgepasst.«, sagte sie. Klar hätte sie sagen können, sie hat zufällig geträumt, dass er überfahren wird. Aber Ryan hätte sie als bescheuert abgestempelt. Er merkte wohl, dass sie darüber nicht weiter reden wollte, und schwieg den Rest des Weges nach Hause. Zuhause angekommen machte sie sich nicht weiter Gedanken darüber, es war Freitag und sie wollte sich abends mit Ryan und ein paar Freunden zum Bowlen treffen. Es würde spät werden und sie legte sich noch etwas hin, damit sie nicht durchhing.

Kaum lag sie auf ihrem Bett, fielen ihr auch schon die Augen zu. Das frühe Aufstehen und das ewige an die Tafel schauen in der Schule machte müde. Ein paar Minuten später überfiel sie schon der erste Traum. Oder doch eher Albtraum.

Sie war auf der Bowlingbahn mit ihren Freunden, und sie hatten Spaß. Danach wollten sie nach Hause und lachten auf den Rückweg. Cindy, eine gute Freundin, fuhr sie nach Hause, es war sehr dunkel und etwas neblig auf der Landstraße. Man konnte kaum etwas sehen. Sie war immer wieder abgelenkt von der Musik und bemerkte nicht das ihnen ein LKW entgegen kam. Am Straßenrand sah Jessie einen Mann, der aussah wie der Sensenmann persönlich. Er zeigte mit der Sense auf den LKW, und in dem Moment als Cindy wieder nach vorne sah, rammten wir auch schon den LKW. Sie hörte Schreie und Glassplittern. Cindys Auto kam schleudernd zustehen. Jessie sah sich um und sah, dass alle blutüberströmt waren.

Erschrocken wachte sie auf und sah sich verwirrt um. Sie war immer noch zuhause. Ihr Herz raste, sie konnte es bis in ihren Kopf pochen hören. Auch ihr Atem ging schnell, als wäre der Unfall wirklich passiert. Schon wieder so ein verrückter Traum. Schweißgebadet beschloss sie, erst mal unter die Dusche zugehen. Das heiße Wasser prasselte auf ihre Haut, und spülte die Erinnerung an den Traum weg. Die Angst, dass sich dieser Alptraum auch erfüllen könnte, blieb Jessie noch eine Weile im Hinterkopf. *Nein es war nur ein dummer Zufall, ich hab nur schlecht geträumt*, sagte sie sich immer wieder. Sie stieg aus der Dusche, wickelte sich in ein Handtuch und nahm ein weiteres um ihre Haare darin einwickeln. Mit einer Hand wischte sie den beschlagenen Spiegel frei. Sie erschrak, als sie neben ihrem eigenen Spiegelbild einen Mann in einem schwarzen Kapuzenpullover sah. Kaum ein Haar war auf seinem Kopf zu sehen, seine Augen waren leere dunkle Höhlen. Er sah sie finster an. Jessie bekam eine Gänsehaut und drehte sich ruckartig um, doch hinter ihr war niemand. Schnell rannte sie aus dem Bad und zog sich in ihrem Zimmer an. Jessie stellte ihren eigenen Verstand infrage. Hatte sie jetzt etwa schon Halluzinationen? Kaum angezogen stürmte sie aus dem Zimmer runter in die Küche.

»Schatz ist alles in Ordnung mit dir?«, fragte ihre Mutter, als sie bemerkte, wie verstört ihre Tochter gerade war. Jane war eine intuitive Frau, sie spürte sofort, wenn etwas mit Jessie nicht stimmte, und jetzt schlugen ihren Instinkte gerade ganz laut Alarm. »Jessie warte«, sagte sie besorgt und hielt sie am Arm fest, damit sie nicht weg konnte. Jessie wollte aber nur raus gerade. Es schnürte ihr die Kehle zu im Haus zu sein, sie brauchte dringend frische Luft. Jane sah sie besorgt an. »Du hast doch was.« Jessie starrte sie mit erschrockenen Augen an.

»Nein. Ich will los, wir wollen Bowlen gehen«, antwortete sie und riss sich von ihrer Mutter los.

2. Kapitel

DER UNFALL

Jessie lief zur Bushaltestelle und fast rannte sie Ryan um.

»Hey Hey. Mach mal langsam Jessie.«, rief er ihr zu. Sie blieb keuchend stehen und mit den Händen auf den Oberschenkeln und sah Ryan erstaunt an.

»Sorry hab dich gar nicht gesehen.«, meinte sie.

»Was rennst du denn so? Der Bus kommt erst in 20 Minuten«. Ryan sah sie verwundert an.

»Echt? Ich dachte, ich wäre spät dran.«,sagte sie. Natürlich wusste sie, dass sie noch Zeit hatte, was sie nicht wusste, wie sie Ryan von diesen gruseligen Typen im Spiegel erzählen sollte, ohne dass er sie für verrückt hielt. Langsam kam Jessie wieder zu Atem und richtete sich auf.

»Du machst mir langsam echt Sorgen, Kleine.«, meinte Ryan.

»Du sollst mich nicht immer Kleine nennen.«, sagte sie leicht angesäuert und stupste ihn in die Seite. Sie war mit ihren 1,60m wirklich nicht gerade groß, aber das hörte sie nicht gerne. Ryan grinste zufrieden, weil er Jessie ärgern konnte.

»Na komm lass uns los, sonst verpassen wir wirklich noch den Bus.«, sagte Ryan und zog Jessie an ihren Arm mit sich.

Immer noch parallelisiert und in Gedanken stand sie wie angewurzelt an der Haltestelle. Jessie merkte gar nicht wie der Bus vor ihrer Nase stand. Ein

Pfiff aus Ryans Mund, holte sie in die Realität zurück.

»Kommst du Jessie?«, rief er aus der Tür des Busses. Jessie sah auf zum Bus und war erschrocken, wie schnell die Zeit vergangen war. Ihre Gedanken schweiften immer wieder zu dem gruslichen Mann im Spiegel, und ihren Albtraum davor. Sie stieg in den Bus und setzte sich auf den Platz neben Ryan.

Später beim Bowlen wurde sie zum Glück abgelenkt durch ihre Freunde. Sie gewann sogar. Dann hieß es ab nach Hause, es war spät und Cindy wollte sie nach Hause fahren. In diesem Moment fiel Jessie ihr Albtraum wieder ein.

»Nein, Ryan und ich fahren mit dem Bus, wir müssen ja in die andere Richtung.« Jessie wollte kein Risiko eingehen. Ryan sah sie verwirrt an und hob eine Augenbraue.

»Entscheidest du jetzt also für mich mit?«, er lachte sie an.

»Klar einer muss ja für dich denken«, antwortete Jessie.

»Na gut dann lass uns los.«, er sah auf seine Uhr und winkte den anderen zu. Jessie rannte ihm hinter her und sah, hinter sich, wie die anderen langsam nachkamen. Innerlich hoffte sie, dass sich ihr Traum nicht erfüllen würde, und sie ihn abgewendet hatte, indem sie und Ryan mit dem Bus fahren würden.

Doch am nächsten Morgen warteten sie und Ryan vergeblich auf Cindy und ihre Freunde. Durch Cindys kleine Schwester Melinda erfuhren sie die schockierende Wahrheit.

»Cindy und die anderen sind gestern von der Fahrbahn abgekommen. Sie hatten einen Unfall, und wurden schwer verletzt. Sie sind noch im Krankenhaus.«, erklärte sie. Sprachlos standen Ryan und Jessie vor Melinda. Die Gedanken rasten durch Jessies Kopf. Wenn sie im Auto gewesen wären, wäre ihnen auch was geschehen. Oder noch schlimmer.

»Weißt du, was das heißt, Jessie?«, Ryan sah sie erschrocken an. In seinem Blick zeichnet sich die Erkenntnis ab.

»Wenn wir doch mitgefahren wären, dann hätte es uns auch erwischt. Scheiße du hast und mit dem Bus quasi das Leben gerettet.«, meinte er.

»Wie geht es Cindy?«, fragte sie Melinda. Jessie war geschockt, als wäre sie bei dem Unfall dabei gewesen.

»Sie hat es gerade so geschafft. Ich geh sie nach der Schule besuchen, wenn du willst, kannst du ja mitkommen.«, meinte sie. Und ob Jessie das wollte. Sie wollte unbedingt erfahren, wie es genau zu dem Unfall kam.

»Ja sehr gerne. Warte nach der Schule einfach auf mich, ok?«, antwortete sie.

Melinda nickte und ging in ihre Klasse zurück.

Im Unterricht konnte sich Jessie nicht mehr konzentrieren. Nervös kaute sie an ihren Fingernägeln. Immer wieder schweiften ihre Gedanken zu Cindy. *Hätte ich sie retten können?* Gedankenverloren blickte sie aus dem Fenster, als ihr Lehrer sie aufrief.

»Jessie? Bist du bei uns auf der Erde oder auf welchen Planeten befindest du dich gerade?«, der Blick von Miss

Houston war voller Wut. Sie haste es, wenn jemand ihren Unterricht nicht folgte und sie ignorierte. Mit einem lauten Knall auf Jessies Tisch holte sie Jessie wieder aus ihren Gedanken. Jessie zuckte erschrocken zusammen. Alle Blicke waren auf sie gerichtet und ihre Mitschüler kicherten und flüsterten alle wild durcheinander, wie ein Bienenschwarm, der aufgescheucht wurde. Das unangenehme Gefühl, die Augen aller auf sich zuhaben, brannte sich auf Jessies Haut.

»Entschuldigung«, meinte Jessie mit dem Blick auf ihren Tisch gerichtet.

»Ich belasse es diesmal bei einer Verwarnung, Jessie. Nächstes Mal geht es zum Direktor.«, erklärte Miss Houston mahnend.

Als endlich die Schule aus war, und die erlösende Klingel sich meldete, rannte Jessie, kaum dass sie ihre Bücher eingepackt hatte, aus dem Klassenzimmer zum Schulhof. Melinda kam auch gleich hinterher, woraufhin sich beide auf dem Weg zum Krankenhaus machte. Insgeheim hoffte Jessie, dass sich ihr Verdacht nicht bestätigte, und der Unfall nicht wie in ihrem Traum passiert war.

Ein beißender Geruch, der von Desinfektionsmittel kam, stieg Jessie in die Nase, als sie das Krankenhaus betrat. Mit jedem Schritt weiter, erinnerte sich Jessie an ein verdrängtes Erlebnis.

Erst vor drei Jahren verstarb Jessies Oma. Sie hatte Krebs und Jessie kam jeden Tag zu ihr, selbst am Tag, als sie starb. Sie saß bei ihr, und hielt ihre

Hand. Spürte, wie sie ihre Kraft verlor, das letzte Mal in ihre Augen sah und Luft holte. Die Erinnerungen an diesen Tag, waren bis zu diesem Moment, als sie das Krankenhaus betrat nur schemenhaft vorhanden. Doch jetzt strömten sie auf Jessie ein, wie eine Flut aus Bildern. Der Arzt, der ins Zimmer ihrer Oma kam, ihren Puls fühlte und ihre Werte kontrollierte, die Schwester die Jessie rausbrachte und nicht zuletzt das Gefühl, das eine Welt unter ihr zusammenbrach, als ihr Tod schlussendlich festgestellt wurde. Es schnürte ihr die Kehle zu, wenn sie daran dachte.

»Jessie? Alles in Ordnung? Du siehst blass aus?« ,fragte Melinda besorgt. Sie wirklich nicht gerade toll aus, ihr abwesender Blick, und ihr Gang wirkte wie ferngesteuert.

»Ja alles gut, ich musste nur gerade an etwas denken.«, meinte Jessie und versuchte, sich zusammenzureißen. Ein paar Minuten später erreichten sie Cindys Zimmer. Ihr war immer noch ganz flau im Magen, wenn sie daran dachte, dass ihr Alptraum tatsächlich wahr geworden sein könnte. Nervös und besorgt zu gleich betrat Jessie das Zimmer von Cindy.

Bedeckt mit Bandagen und Pflastern lag sie in ihrem Bett. Ein Bett war gebrochen und wurde hoch gelagert mit einem Kissen. Schürf und -Schnittwunden prägten ihr Gesicht. Schmerzerfüllt drehte sich Cindy zu ihnen um, als sie die Tür hörte.

»Melinda, Jessie schön, dass ihr hier seid«, sagte sie heiser.

Jessie trat näher an Bett heran und nahm sich einen Stuhl.

»Wie geht es dir?«, fragte sie vorsichtig nach.

»Mir tut alles weh, ich kann froh sein, dass ich noch lebe.«, meinte Cindy betrübt.

»Was ist eigentlich passiert?«, fragte Jessie nach, und hatte Angst vor der Antwort. Eigentlich wollte sie es nicht wirklich wissen, aus Angst das zuhören, was sie ahnte.

»Als wir losfuhren vom Bowling, war noch alles gut. Dann kam plötzlich ein Lkw, wie aus dem Nichts. Ich war nur kurz abgelenkt. Es ging so schnell. Dann hörte ich nur noch Glas klirren und dann wurde alles dunkel und ich bin hier aufgewacht.«, erzählte Cindy. Vor Jessies inneren Auge spielte sich ihr Albtraum wieder ab. Wie konnte es sein, dass dieser wahr wurde?

»Das ist gar nicht das Schlimmste.«, erklärte Cindy. »Gott sei Dank, saß niemand neben mir. Dort raste nämlich ein Baumstamm rein. Wenn dort jemand gesessen hätte ...«, Cindy brach ab, um zu husten. In Jessies Traum saß an dieser Stelle Ryan. Jessie war unter Schock und bekam kaum Luft, voller Panik rannte sie aus dem Zimmer, hinaus auf den Flur an den Leuten vorbei, vor das Krankenhaus. Ihr wurde speiübel und sie übergab sich vor dem Eingang des Krankenhauses.

»Nein das kann nicht sein. Das kann nur Zufall sein.«, sprach sie mit sich selbst, um sich zu beruhigen. Sie setzte sich auf eine Bank an der Wand des Gebäudes und atmete immer noch viel zu schnell. Als sie Melindas Stimme neben sich hörte, sah sie wie von Sinnen nach oben.

»Du siehst aus, als hättest du ein Gespenst gesehen. Was war denn eben los?« Melinda setzte sich neben Jessie und legte beruhigend eine Hand auf ihre Schulter. Mit ihren vierzehn Jahren wirkte Melinda schon so erwachsen. Ihre langen blonden Haare fielen ihr gelockt über die Haare, Sorgenfalten zierten ihre Stirn, als sie Jessie besorgt ansah. Jessie konnte Melinda nicht die Wahrheit sagen, also erzählte sie ihr die Geschichte vom Tod ihrer Oma und dass sie in Krankenhäuser manchmal Panik bekam. So ganz gelogen war es nicht, denn sie fühlte sich wirklich nicht wohl in Krankenhäusern.

»Macht es dir was aus, wenn ich nachhause gehe? Ich fühle mich nicht so wohl.«, fragte Jessie und stand auf.

»Nein, natürlich nicht. Geh ruhig.«, meinte Melinda freundlich.

»Grüß Cindy von mir.«, sagte Jessie und ging Richtung Stadt zurück.

2. Kapitel

Verwirrt und immer noch panisch lief Jessie auf und ab in ihren Zimmer, sie wusste nicht, was sie von allem halten sollte. Sie träumte zweimal etwas und es wurde wahr. Zufall? Einmal war vielleicht Zufall, aber zweimal war schon merkwürdig. *Bleib ruhig, alles Zufälle. Wenn es nicht nochmal passiert, dann war es Zufall. Aber was, wenn ich wieder so ein Scheiß träume? Soll ich es einfach ignorieren?* Zurecht hatte sie solche Gedanken. Sollte sie riskieren, dass jemanden etwas zustößt, wenn sie es verhindern konnte? Erstmal wartete sie ab.

Völlig erledigt ließ sie sich auf ihr Bett fallen. Ihre Gedanken kreisten um den Unfall. Es war schon abends, als ihre Mutter an die Tür klopfte.

»Jessie? Alles in Ordnung? Du bist vorhin einfach an mir vorbei gerannt«, sie klang besorgt. Was sollte sie ihrer Mutter darauf antworten? Sie kam rein und setzte sich neben Jessie auf das Bett. Es gab ein knarzendes Geräusch, als sie sich setzte.

Jessie war unter ihrer Decke vergraben und wollte niemanden sehen.

»Süße, was ist los?«, fragte ihre Mutter und berührte den Haufen Decke neben ihr.

»Ich war bei Cindy im Krankenhaus und hab Panik bekommen«, sagte Jessie schließlich etwas gedämpft durch die Decke. Ihre Mutter runzelte die Stirn und überlegte kurz.

»Oh«, meinte sie. »Wegen Oma?«, fragte sie besorgt. Jessie beschloss, dass es vielleicht gut war, wenn sie bei dieser Geschichte beließ.

»Glaube schon«, sie wühlte sich aus den Deckenhaufen und hielt sich an ihm fest. Tränen liefen an ihrem Gesicht runter.

»Ach meine Kleine. Ich kann mir vorstellen, dass es schwer für dich war.«

Jessie dreht sich zu ihrer Mutter um und umarmte sie. Sie ließ Ihren Tränen freien Lauf, auch wenn es keine Lösung für ihr eigentliches Problem war. Jessie schluchzte die Schulter ihrer Mutter nass und entschuldigte sich im Nachhinein da für. »Ist schon gut, ich wollte es eh in die Wäsche schmeißen später.«, Ihre Mutter lächelte sie an, wie nur eine Mutter lächeln kann, wenn sie ihr Kind trösten will. Sie ließ Jessie wieder alleine und ging in die Küche. Irgendwann schlief Jessie ein, während sie versuchte, ein Buch zu lesen, der verzweifelte Versuch, wieder klar zudenken. Dieses Mal träumte nicht von Tod und Unfällen, sie schlief friedlich durch.

Als sie morgens aufwachte, war die Welt für sie wieder in Ordnung. Die Hoffnung, dass dieser Tag wieder ganz normal laufen würde und sie nur von den nervigen Lehrern in ihrer Highschool aus der Fassung gebracht wird, war groß. Besser gelaunt als am Tag zuvor, wo sie noch zweimal ihrem besten Freund das Leben retten musste, zog sie sich an und ging runter zum Frühstück.

»Guten Morgen zusammen«, sagte sie gutgelaunt und traf auf verblüffte Gesichter. »Geht es dir besser, Schatz?«, fragte ihre Mutter neugierig, und ihr Vater sah sie überrascht an.

»War denn was gestern? Was hab ich denn verpasst?«, fragte er verwundert.

»Ach nichts Besonderes, Frauenprobleme«, sie zwinkerte Jessie vielsagend zu.

»Ja Dad, alles in Ordnung.«, Sie setzte sich hungrig an den Tisch und füllte sich ein paar Pancakes auf den Teller, und goss den Sirup darüber. Jessie verschlang alle in wenigen Minuten, ihr Hunger war nach dem Tag gestern riesig.

Jessie freute sich darauf, Ryan in der Schule zu treffen, sie war guter Hoffnung, dass alles nur Zufall war. Der

Unterricht war langweilig wie immer. Sie machte sich Notizen und versuchte sich zu konzentrieren, während Ryan verrückte Grimassen in ihre Richtung machte. Das ein oder andere Grinsen konnte sie sich nicht verkneifen. Dafür erntete sie den mahnenden Blick ihres Lehrers. Als sie aus dem Fenster sah, um sich abzulenken, blieb ihr Blick plötzlich starr. Blitzlichter tauchten vor ihrem inneren Auge auf. Alles verschwamm vor ihren Augen und sie fand sich plötzlich am Pool der Schule wieder. Das Herz klopfte bis Hals. Was machte sie plötzlich hier? Eben war sie doch noch in der Klasse. Schwer atmend sah sie sich um. Ryan machte sein Schwimmtraining, die anderen gingen schon in die Umkleidekabine zurück. Irgendwo in der Nähe hörte sie, etwas runterfallen und erschrak. Als sie zurück ins Wasser sah, lag Ryan leblos auf der Wasseroberfläche und trieb mit dem Gesicht nach unten im Pool. Jessie sprang auf und ging zum Pool, kurz bevor sie rein sprang, sah sie ein Stromkabel im Wasser hängen und zog es raus. Schnell zog sie ihre Schuhe aus und sprang zu Ryan ins Wasser, um ihn rauszuholen. »Komm schon Ryan.«, schrie sie und zog ihn an den Beckenrand. Seine Lippen waren bereits blau angelaufen und er atmete nicht mehr. Jessie fühlte seinen Puls, aber da war nichts mehr.

»Hilfe! Hilf mir doch jemand«, weinte sie. Sie brach weinend auf den leblosen Körper ihres besten Freundes zusammen. Dann wieder Blitzlichter. Wieder verschwamm alles vor ihr. Sie war zurück im Klassenzimmer. Ihre Mitschüler samt Lehrer starrten sie verwirrt an.

»Jessie? Alles in Ordnung?«, fragte Ryan besorgt. Er lebte. Es war nur ein Tagtraum. Doch er war so real. Und die Tatsache, dass Ryan nachher wirklich Schwimmtraining hatte, machte es nicht wirklich besser für sie. »Ja alles ok. Mir war nur kurz schlecht.«, sagte sie und sah sich nervös um. »Schlecht? Du hast grad um Hilfe gerufen?«, meinte Ryan. »Bist du sicher, dass alles ok ist?«

»Ja alles gut. Geht wieder. Entschuldigt bitte. Tut mir leid.«, sagte sie und sah bittend zu ihrem Lehrer. »Jessie. Wenn es dir nicht gut geht, dann kann ich dich auch nach Hause schicken«, sagte ihr Lehrer. Und setzte sich auf seinen Stuhl, während er das

Klassenbuch öffnete. Nach Hause wollte sie auf keinen Fall.

»Sag mal, kann ich dir beim Schwimmtraining nachher zusehen?«, fragte Jessie und sah Ryan lächelnd an. »Das wolltest du doch noch nie?«, meinte er verwundert. »Klar würde mich freuen, meinen persönlichen Cheerleader dabei zu haben.«, grinste er schelmisch. »Gut zurück zum Unterricht ihr beiden.«, meinte ihr Lehrer. Drei Schulstunden später trafen sich Jessie und Ryan am Pool. Jessie hatte eine Freistunde also verpasste sie nichts. Sie sah sich nervös nach dem Kabel um, welches im Traum runter fiel. Es hing ungesichert an der Wand, es wirklich da und konnte jederzeit runterfallen. Was dann passieren würde, wusste Jessie nur zu genau, und das musste sie verhindern.

Ryan kam aus der Umkleidekabine und sah Jessie an der Wand werkeln.

»Was macht du da?«, fragte er neugierig und verschränkte seine Arme über seinem Brustkorb.

»Ich sichere das Kabel, das ist total locker und gefährlich. Stell dir mal vor, es fällt ins Wasser, während zu schwimmst.«, erklärte sie.

»Okay. Warum hat der Hausmeister nicht dafür gesorgt?«, fragte er und bekam von Jessie nur ein Schulterzucken als Antwort.

»Aber du bist jetzt sicher und die anderen auch, ich werde den Direktor Bescheid geben.«, sie lächelte Ryan zufrieden an. Zufrieden war sie wirklich, das Kabel wäre sicher runter gefallen. Aber auch Angst und Panik kroch wieder hoch. Hatte der Tag doch so gut angefangen. Jetzt bekam sie diese Visionen schon am Tag. Von der Bank aus beobachtete sie Ryan beim Training, und wurde neidisch auf seine sportlichen Fähigkeiten. Sie konnte so gut schwimmen wie eine Bleiente auf den Grund. Sport war einfach nicht ihr Fach. Aber sie freute sich für Ryan, er hatte eine tolle Zukunft vor sich, aber das Universum hatte wohl andere Pläne, denn ständig hatte es etwas, dass ihm das Leben kosten würde.

Mit der Hoffnung, es würde endlich aufhören ging sie mit ihm zum gemeinsamen Unterricht, als sie plötzlich einen stechenden Kopfschmerz spürte und sich vor schmerzen krümmte. Ryan bemerkte es und wollte ihr helfen.

»Jessie, was ist los?«, fragte er besorgt. Sie sah mit nachlassenden Schmerz hoch zu den Spins und sah einen Mann mit einem schwarzen Umhang, sie konnte ihn nur schwer erkennen, es war alles verschwommen, doch er sprach zu ihr.

»Du wirst ihn nicht ewig retten können«.

Jessie blinzelte, um klarer zu sehen. Der Mann war verschwunden und der Schmerz ließ immer mehr nach.

»Jessie?«, fragte Ryan noch mal nach.

»Ja. Geht schon wieder. War nur ein seltsamer Kopfschmerz. Wie Hirnfrost. Ist aber wieder weg.«, sie sah sich um, doch der Mann war weg. Seine Botschaft machte ihr Sorgen. Sie wird Ryan nicht ewig retten können. Er hatte recht, und diese Wahrheit schmerzte.

War der Mann nur Einbildung und das Manifest Jessies eigener Angst, oder existierte er wirklich. Ihr Magen zog sich zusammen bei dem Gedanken daran, dass hier höhere Mächte im Spiel sein konnten und sie am Ende nichts mehr tun konnte.

»Lass uns gehen. Mir geht es gut.«, sagte sie und ging mit Ryan in den Unterricht. Die Konzentration ließ im Unterricht allerdings zu wünschen übrig. Jessie kämpfte mit der Angst, wieder so eine Vision zu bekommen, und klopfte nervös mit dem Fuß gegen das Tischbein.

Irgendwann war der Schultag dann auch endlich zu Ende und Jessie fiel ausgelaugt auf ihr Bett. Sie bemerkte nicht mal ihre Eltern im Wohnzimmer, die sie riefen. Wie in Trance ging sie sofort auf ihr Zimmer und ließ die Tasche auf den Boden fallen.

3. Kapitel

DIE ENTSCHEIDUNG

Jessie saß Gedanken verloren am Frühstückstisch. Die letzten Tage machten sie wirklich fertig. Jede Nacht träumte sie wieder vom Tod ihres Freundes. Manchmal waren es nur Träume, ein anderes Mal waren es Warnungen. Sie ließ Ryan nicht mehr aus den Augen, dieser hielt sie langsam für verrückt. Das war ziemlich anstrengend für beide Seiten. Auch diese stechenden Kopfschmerzen verbunden mit den Visionen am Tag machten es nicht besser, sondern schlimmer. Das Universum wollte Ryans Tod, doch Jessie wollte nicht, dass er stirbt. Sie konnte ihn unmöglich ewig retten. Was wenn er im Schlaf starb, an einem banalen Schnupfen. Oder seine Lampe auf ihn rauf fiel. Jessie fielen die vielen Cartoons eins, indem die Charaktere von Klavieren erschlagen wurden. Sie konnte nicht immer bei ihm sein. Eines Tages würde der Tod ihn bekommen und sie würde es nicht verhindern können. Genauso, wie es der Mann damals im Flur prophezeit hatte.

Auf dem Bett liegend starrte sie an die Decke und zerbrach sich den Kopf über alles, was bisher passiert war. Es war 22 Uhr und sie war völlig müde. Ihre Augen wurden schwerer und sie schlief schließlich ein. Sie fand sich in einem dichten Nebel wieder und ging weiter hinein.

»Hallo? Ist hier jemand?«, rief sie in den dichten undurchsichtigen Schleier. Der Mann, den sie damals in der Schule gesehen hatte, erschien ihr.

»Hallo Jessie. Endlich sprechen wir uns mal richtig.«, sagte er lächelnd.

»Wer sind sie?«, fragte sie ängstlich und wich zurück.

»Ich bin derjenige, der für Ordnung im Universum sorgt. Und du bringst zur Zeit alles durcheinander. Deshalb muss ich mit dir reden«, erklärte er mit ernstem Gesicht.

»Sie sind der Tod.«, meinte sie und ihr Herz blieb für einem Moment stehen. Der Mann nickte.

»So kann man es sagen. Aber kommen wir zum Thema. Wir haben nicht viel Zeit. Um Ausgleich im Leben zu haben, muss jemand sterben, wenn jemand geboren wird. Wenn Ryan nicht stirbt, muss jemand anders sterben, entscheide du, wer es sein soll, bis zum nächsten Morgen. Keine Entscheidung und Ryan wird diesmal nicht gerettet werden können von dir.«, drohte er mit erhobenen Finger. »Bevor ich es vergesse, dies ist eine Warnung, kein Traum.«, sagte er und verschwand im Nebel. Schweiß gebadet wachte Jessie auf. Der Tod warnte sie davor, dass Ryan sterben würde, wenn sie kein Opfer für ihn auswählen würde. Was verlangte er da von ihr? Wie konnte sie entscheiden, wer sterben sollte? Es war Wochenende und sie war mit Ryan zum Frühstück verabredet. War es vielleicht sogar ihr letztes Frühstück mit ihm? Nachdenklich sah sie Ryan an und immer wieder ging ihr die Drohung durch den Kopf und sie überlegte was sie tun sollte. Sie wollte Ryan nicht gehen lassen. Aber auch niemand in ihrem Umfeld sollte sterben. Kamen fremde Menschen in Frage? Sie würde sich ewig schuldig fühlen. Und was, wenn sie ins Krankenhaus ginge, und einen Todkranken auswählen würde? Aber der wäre sicher eh auf der Liste des Todes und würde nicht zählen.

»Jessie du bist irgendwie abgelenkt heute?«, sagte Ryan und holte sie wieder in die Realität zurück.

»Ja mir geht es nicht so gut. Ich glaube, ich geh besser nachhause und leg mich etwas hin.«, meinte sie. Viel zu viele Sachen gingen ihr im Kopf herum, und dann noch aufkommende Kopfschmerzen. Wie konnte sie entscheiden, wer sterben sollte? Das war so unmenschlich und grausam. Aber das war eben der Tod, er war kein Mensch und der Tod war nun mal grausam.

Sie legte sich auf ihr Bett und überlegte, was sie tun sollte. Niemand hatte den Tod verdient, doch wie sollte sie Ryan retten? Wenn sie jemanden auswählte, war sie schuld am Tod eines Menschen und hätte auf ewig ein schlechtes Gewissen. Die Stunden vergingen und sie fand keine Lösung. Als sie abends einschlief, redete sie sich ein, dass es alles überhaupt nicht real sein konnte, und sicher nichts passieren würde.

Dann erschien ihr der Tod wieder und wollte eine Entscheidung. Diese Begegnung war so real, dass Jessie wusste, dass es kein Traum sein konnte.

»Wie lautet deine Entscheidung?«, fragte er unheilvoll. Jessie stand starr vor ihm, und überlegte. Auf keinen Fall sollte jemand sterben, den sie kannte oder sonst jemand. Doch der Tod brauchte jemanden. Dann fiel sie eine schwerwiegende Entscheidung, mit die sie am wenigstens gerechnet hatte. Der Tod belächelte ihre Antwort.

»Ich hab mich entschieden. Niemand wird sterben. Ryan nicht und kein anderer. Außer mir.«, sagte sie wohl überlegt. Niemand sollte wegen ihr sterben müssen. Ryan hatte noch seine ganze Zukunft als Basketballspieler vor sich, aber sie hatte keine Ahnung, was sie mit ihren Leben anfangen sollte.

»Weise Entscheidung Jessie. Komm mit mir. Es ist Zeit.«, sagte der Tod und hielt ihr eine Hand hin. Sie zögerte kurz, weil sie dachte, sie könnte sich zumindest verabschieden, doch dann ging sie mit dem Tod in ein helles Licht.

Am nächsten Morgen wollten ihre Eltern sie wecken, doch sie fanden sie nur leblos im Bett vor. Die Autopsie ergab ein Aneurysma im Gehirn, das nachts geplatzt war und ihr das Leben kostete. Niemand ahnte von ihrem Schicksal und alle waren geschockt.

Ryan stand nach ein paar Wochen auf dem Friedhof am Grab von Jessie, und konnte noch immer nicht verstehen, warum sie tot war. In einem nebligen Lichtschein erschien ihm Jessie ein letztes Mal.

»Hi Großer. Ich bin hier, um mich zu verabschieden und dir zu erklären, was passiert ist.«, sie lächelte ihn beruhigend an, während er nur wie erstarrt da stand und nichts sagen konnte. Sie erklärte ihm alles und küsste ihn dann auf die Wange. Als sie wieder verschwand, war sich Ryan nicht sicher, ob er nur einen Tagtraum aus Trauer hatte, oder alles wirklich war. Später erfuhr er, dass das Aneurysma auch für Halluzinationen sorgen kann, und sich Jessie deshalb so seltsam verhielt die letzten Wochen.

Ob Jessie wirklich Halluzinationen hatte oder es wirklich so passiert ist, wie sie ihm erzählte, wusste er nicht. Aber was er wusste, dass sie ihm mehrmals das Leben gerettet hatte. Und dafür würde er ihr ewig dankbar sein.

Ende

Wenn das Schicksal plötzlich ein Herz hat

1 Schicksal

Stille. Nichts als Stille. Stille und Sterne um ihm rum und das jeden Tag. Immer wieder. Das Schicksal sah hinunter auf die Erde und verteilte wie immer, seinen Plan an die Menschen. Ohne einen Gedanken an die Menschen zu verschwenden. Was sie davon hielten, war seit Anbeginn der Zeit völlig belanglos für das Schicksal.

Für jeden von ihnen hatte er einen festgesetzten Plan und nur das Schicksal selbst kannte den Weg. Die Menschen waren so töricht und dachten, sie könnten ihren Weg selbst bestimmen. Manchmal meinte es das Schicksal gut mit ihnen, und gewährte ihnen eine positive

Zukunft. Sie planten für ihre Kinder, die Schulen und Berufe, doch der Mensch suchte sich stets selbst seinen Beruf aus, aber nicht sein Schicksal. Wenn sie Glück hatten, lief alles so, wie sie es wollten. GLÜCK? Nein. Wenn es das Schicksal so wollte.

Es ging in Gedanken die Neugeborenen durch, welche noch kein Schicksal hatten.

Eines der neugeborenen Kinder, sollte eine Laufbahn als Professor einschlagen. Seine Eltern waren von durchschnittlicher Intelligenz, und hatten einen mittelmäßigen Job. Das Schicksal sorgte dafür, dass das Kind eine höhere Intelligenz hatte, und in der Schule mit seinen Leistungen auffiel. Es ging auf ein renommiertes

College und es lief alles perfekt. Mit seiner Arbeit als Professor konnte es seine Eltern unterstützen. Das Schicksal meinte es nicht gut mit den Eltern, aber umso besser mit dem Kind.

Und wie es da so saß und die Menschen beobachtete, kam es auf die Idee, dass es einmal auf die Erde wollte und sehen was und machen, was ein Mensch so tat. Fühlen und erleben, was die Menschen erlebten mit dem Weg, den es ihnen vorgab. Von oben sah alles immer so einfach aus. Es wusste nicht, wie Menschen fühlen, es war einfach nur dafür da, dass jeder eines Tages sein Schicksal erfüllte. Das Schicksal wollte einmal in seinem Dasein auch ein Mensch sein.

Wenn es gerade genug Pläne gemacht hatte, zog er sich zurück und verteilte seinen Geist überall, er konnte dann über die verschiedensten Länder schweben.

Er sah Armut und Reichtum gleichermaßen. Hungernde Kinder und Krieg. Sterbende Tiere und Wälder.

Er verstand nicht, warum die Reichen den Armen nichts abgaben. Warum der Mensch so verschwenderisch ist und alles als selbstverständlich ansieht. Es war das Schicksal, und nicht nur für die Menschen zuständig. Er sorgte auch für das Schicksal der ganzen Welt. Es gab ihnen am Anfang einen Planeten, mit Nahrung und Möglichkeiten zu Entwicklung, und hoffte, sie würden alle weise nutzen mit der Zeit. Doch Liam sah nur Zerstörung, Hass und Krieg. Machtgierige Menschen. Jeder wollte der Beste und Mächtigste sein. Dass dabei Menschen starben, die ihr ganzes Leben noch vor sich hatten, und es ihnen gar nicht bestimmt war, so früh zu sterben, verstand der Mensch nicht. Denen die sich für den Schutz der Umwelt und der Rettung der Welt einsetzten, wollte er eine bessere Zukunft schenken. Denen, die nur aus Eigennutzen handeln, sollten bald merken, was sie davon haben. Die Menschheit lief unweigerlich auf ein schlimmes Ende zu. Sie redeten viel selbst darüber, alles zu ändern. Doch es änderte sich nichts. Es gab weiterhin Kriege, in dem jeder behauptete, damit wollte man alles ändern. Doch starben nur mehr Menschen und mehr Menschen flüchteten in eine angeblich bessere Welt, und mit dieser Flucht zerstörten sie das nächste Land.

Es machte ihm traurig, zu sehen, wie die Menschen so vieles kaputt machten. Und er entschloss sich, dass sie dieses Schicksal was nun auf sie wartete, verdient hätten.

2 Shawna

An diesem Tag materialisierte es sich mit seinem ganzen Willen zu einen Menschen. Es gab nun kein Schicksal mehr, welches alles steuerte und bestimmte. Der Mensch war ab jetzt, solange es das Schicksal wollte, auf sich selbst gestellt. Es blickte an sich herunter und überlegte, wie es sich nennen sollte.

Liam, der Name gefiel mir schon immer.

Liam hatte sich samt Klamotten materialisiert. Es war Winter und so stand er mitten in New York mit einem warmen Mantel angezogen und einen Schal um Hals auf der

Straße und sah sich um. Als ein Auto auf ihn zu raste, sprang er geschockt von dem Anblick bei Seite. Dieses Gefühl in seinem Magen kannte er nicht. SCHOCK. ANGST. Sein Herz pochte schnell in seiner Brust. Er fasste an die Stelle, wo er den Herzschlag spürte.

Ich habe ein Herz und es klopft.

Erstaunt darüber lachte er. Liam stand von der Straße auf und lief weiter. Er sah glückliche und unglückliche Gesichter. Arbeitende Menschen und Obdachlose. Familien und Singles. Die Gefühle, die er dann vernahm, konnte er nicht einordnen. So viele Menschen, die an ihm vorbei rannten und ihn umrannten. Liam suchte eine geschützte und friedliche

Ecke, wo er nachdachte. In einer Gasse fand er die Ruhe, die er brauchte. Beide Hände über den Kopf haltend versuchte er, mit den übermäßigen Reizen klar zu kommen. Er schloss die Augen und atmete tief durch.

Blende alles aus, was zu viel ist. Atme.

Der Straßenlärm verschwand in seinem Kopf und er hörte nur noch leises Gemurmel.

Besser und jetzt hol ich mir ein Eis. Davon hab ich schon viel gehört.

Liam schlenderte durch den Schnee in New York und suchte ein Geschäft auf, in dem es Eis gab. Als er eines gefunden hatte, blieb er mit offenen Mund vor der Vitrine stehen.

So viele Sorten.

»Kann ich ihnen helfen Sir?«, fragte die Dame an hinter der Vitrine.

»Ja, welche Sorte würden sie mir empfehlen?« Liam war völlig überfordert mit so einer Menge Eis. Er hätte mit so vielen Sorten nie gerechnet.

»Oh. Ich würde ihnen Erdbeer-Rhabarber empfehlen.«, meinte sie lächelnd. Liam nickte ihr zustimmend zu. Die Dame füllte ein Waffelhörnchen mit einer Kugel und gab es ihn. »Das macht einen Dollar«, sagte sie. Liam griff in seine Tasche und holte eine Dollar Note heraus, gab sie der Dame und bedankte sich.

Das ist also Eis. Wie es wohl schmeckt?

Er leckte vorsichtig mit der Zunge dran und war erschrocken, wie kalt es war. Nach einen weiteren Versuch und stellte er fest, dass es schmeckte. Eine Explosion auf der Zunge entfaltete sich. Er schmeckte zum ersten Mal etwas. Er fing an, den Geschmack zu lieben, und aß es auf.

Liam studierte die Menschen Schritt für Schritt mehr. Ihre Gewohnheiten und Abneigungen interessierten ihn. Bei jeden Menschen wusste er, was für ihn geplant war. Ob sie glücklich werden würden oder bald sterben würden.

Staunend sah er die Babys in ihren Kinderwagen an und beobachtete die Kinder, wie sie auf den Spielplatz spielten. Bei einigen lächelte er, weil er wusste, wie ihre Zukunft aussehen würde, bei anderen wurde er nachdenklich. Jetzt wo er die Menschen genauer sehen konnte, war er voller Neugier. Das Leben selbst interessierte ihm.

Liam kam an einem Supermarkt vorbei, und sah eine Frau, die vollgepackt mit Taschen auf den Weg zu ihrem Fahrrad stolperte. Als sie hinfiel, rannte Liam hin und half ihr alles einzupacken. Sie wirkte so hilflos und überfordert, dass er einfach helfen musste.

»Ich danke ihnen.«, sie lächelte ihn freundlich an. Ihre zerzausten braunen Haare fielen ihr ins Gesicht, und kleine Fältchen bildeten sich an ihren Mundwinkeln, als sie lächelte.

»Kein Problem. Ich helfe gerne.«, meinte er. Das meinte er ernst. Es war dieses Gefühl, etwas Gutes tun zu können, was ihm gefiel. »Haben sie es noch weit nachhause? Ich könnte ihnen helfen beim Tragen.«, bat er ihr an. Sie stand auf und zog ihre Sachen zurecht.

»Das wäre sehr nett. Ich möchte ihnen aber keine Umstände bereiten.«, erklärte sie.

»Das tun sie nicht. Wie gesagt, ich helfe gerne.«, er lächelte sie freundlich an, und half ihr die Tüten aufzuheben. Sie stellte sich als

Shawna vor und bedankte sich bei ihm für die Hilfe. Liam brachte sie nachhause und trug alles in ihre Wohnung.

»Entschuldigen sie die Unordnung. Ich bin heute noch nicht dazu gekommen aufzuräumen.«, meinte sie und stellte die Taschen auf den Küchentisch.

So leben also die Menschen.

Liam sah sich etwas um, Shawna besser einschätzen zu können. Auf einer Kommode standen Familienfotos, Shawna schien eine glückliche Kindheit erlebt zuhaben.

Aus einem anderen Zimmer hörte er einen heftigen Husten.

»Sie wohnen nicht alleine?«, fragte Liam. »Mit meiner Mutter. Ich pflege sie. Ein Krankenhausaufenthalt können wir uns nicht leisten.«, antwortete sie mit zitternder Stimme. Liam wollte wissen, was ihre Mutter hatte.

»Krebs. Sie ist auch schon sehr schwach. Ein Mal am Tag kommt eine Pflegerin und gibt ihr Medikamente gegen die Schmerzen.«, erklärte Shawna. Liam fühlte einen stechenden Schmerz in seinem Herzen, als er die Geschichte von Shawna hörte.

Mitleid, so fühlt es sich also an. Ich verspüre das dringende Verlangen danach, ihr zu helfen.

»Das tut mir wirklich sehr leid.«, sagte er.

»Was ist mit ihrem Vater?«, wollte er wissen. Shawna erzählte ihm, dass dieser bereits vor einigen Jahren gestorben war. Und sie sich nur noch um ihre Mutter kümmerte. Halbtags arbeitete sie in einem Bistro als Kellnerin, um sich über Wasser halten zu können. Sie ging zu ihrer Mutter und sagte Hallo, als sie gerufen wurde.

»Shawna, wer ist der Fremde in unserer Küche?«, fragte sie mit heiserer kaum hörbare Stimme.

»Das ist Liam. Er hat mir geholfen, die Einkaufstaschen herzubringen.«, erklärte sie ihrer Mutter. Liam sah vorsichtig durch die Tür des Schlafzimmers und beobachtete

Shawna dabei, wie sie ihre Mutter den Schweiß abtupfte. Die Traurigkeit stand den beiden ins Gesicht geschrieben.

Sie tun mir leid. Sie haben etwas Besseres verdient. Ich kenne ihr Schicksal. So sollte es nicht enden.

Liam war mit dem Weg, den er für die beiden vorgesehen hatte, nicht mehr zufrieden.

Ihre Mutter würde in ein paar Monaten sterben und Shawna würde in eine tiefe Depression verfallen. Und sich selbst aufgeben. Doch so wollte es Liam nicht mehr kommen lassen. Er beschloss, es zu ändern, sobald er wusste wie.

Shawna kam zurück in die Küche und bot Liam eine Tasse Kaffee an, er hatte zuvor noch nie Kaffee getrunken und war voller Neugier. Vorsichtig nahm er einen Schluck, und verbrannte sich prompt die Zunge.

»Oh heiss«, schimpfte er.

»Pusten hilft«, meinte Shawna lächelnd.

Liam pustete vorsichtig ein paar Mal auf den Kaffee und versuchte es dann nochmal.

Interessant. Ganz anders als Eis.

»Besser?«, fragte Shawna grinsend.

»Auf jeden Fall«, er lächelte zurück.

»Meinen Sie, das Schicksal meinte es bisher gut mit ihnen?«, fragte er vorsichtig nach. Shawna schüttelte den Kopf.

»Gut ist etwas anderes. Ich hab gelernt mich nicht zu beschweren und dankbar zu sein für das, was ich habe. Aber nein. Wenn es so etwas wie Schicksal gibt, dann meinte es, es nicht gut mit uns.«, erklärt sie.

»Wenn sie es ändern könnten, wie würde ihre Zukunft aussehen?«

Liam wollte mehr über Shawnas Wünsche und Vorstellungen erfahren.

»Ich würde mir wünschen, dass wir uns das Krankenhaus leisten könnten, und meine Mutter gesund wird.«, erzählte sie unter Tränen.

Dafür werde ich sorgen. Ihr sollt es bald besser haben.

Er wusste nicht, dass er den Menschen oft so viel Kummer bereitete.

»Klingt nach Hoffnung. Und die sollte man niemals aufgeben.«m meinte Liam.

Er verabschiedete sich von Shawna und umarmte sie herzlich. »Passen sie auf sich auf. Alles wird gut.«

3 Debbie

Liam ging weiter durch die Stadt und hörte, wie sein Magen anfing zu knurren.

Oh ich scheine Hunger zu haben. Ein seltsames Gefühl.

Er kam an einem Burgerladen vorbei und kaufte sich einen Cheeseburger, nach dem er die riesige Auswahl gesehen hatte. Genüsslich biss er hinein und merkte, wie sich sein Magen beruhigte und langsam füllte. Er ging weiter und beobachtete die Menschen. In einer Gasse saß ein kleines Mädchen, nicht älter als zehn Jahre. Ihre Sachen waren dreckig und sie hustete. Die

Menschen gingen an ihr vorbei, ohne sie eines Blickes zu würdigen. Liam hatte Mitleid mit ihr und wollte ihr helfen und er ging zu ihr.

»Hallo. Kleine Dame. Was machst du hier alleine ohne Eltern?«, fragte er freundlich nach.

»Was geht sie das an?«, antwortete sie forsch.

»Sehr viel, da Kinder nichts auf der Straße zu suchen haben, alleine.«, meinte Liam. Sie wich zurück und sah ihn ängstlich an.

»Sind sie vom Jugendamt?«, fragte sie.

»Ich? Nein. Ich wollte dir bloß etwas von meinem Essen abgeben. Du siehst hungrig aus.«, er brach seinen Burger in zwei Hälften und gab dem Mädchen etwas ab.

»Danke. Aber warum tun sie das?«, fragte sie schüchtern nach und biss einen großen Happen vom Burger ab.

»Na ja. Du hast Hunger oder? Also geb ich dir was zu essen. Ich weiß nicht warum du hier auf der Straße bist. Aber wenn du magst, kannst du es mir erzählen.«, meinte Liam.

Sie wollte anfangs nichts erzählen und war eingeschüchtert. Liam spürte ihre Angst und wollte ihr Vertrauen gewinnen.

»Ich hab eine Idee«, sagte er und war auf ihre Reaktion gespannt. Aus der Erfahrung mit Shawna hatte er gelernt, wenn man jemanden etwas Gutes tat, öffnete er sich ihm gegenüber. »Wie wäre es, wenn ich dir noch einen Burger kaufe und wir irgendwohin gehen, wo du dich sicherer fühlst. Schlag einen Platz vor.«, schlug er ihr vor. Sie überlegte kurz und war dann einverstanden. Wie versprochen kaufte er ihr einen Burger. Sie liefen zusammen zu einem Skaterplatz und setzten sich auf die Bank.

»Ich heiße übrigens Liam. Und du?«, fragte er neugierig.

»Debbie.« , sagte sie und aß ihren Burger weiter. Als Liam ihren Namen hörte, erschien vor seinem inneren Auge, ihre Zukunft.

Sie wird diesen Winter nicht überleben. Sie stirbt an einer Lungenentzündung in einer Gasse. Oh mein Gott, was hab ich mir bei diesen Weg nur gedacht. Ich muss mehr über sie erfahren. Und vor allem ihr helfen. Kinder dürfen doch nicht auf der Straße sterben!

»Also Debbie. Wo sind deine Eltern?«, fragte er besorgt.

»Ich hab keine Eltern mehr, ich lebe, seit ich drei Jahre alt bin, im Waisenhaus.«, erklärte sie.

Im Waisenhaus wurde sie von einer Familie zur nächsten gebracht, und oft mies behandelt. Sie hustete heftig und wirkte fiebrig. Schweiß rann ihr trotz Kälte über die Stirn und sie zitterte. Liam beschloss, sie an einem wärmeren Platz mitzunehmen. Sie musste dringend aus der Kälte raus. Debbie war völlig unterkühlt und hatte schon blaue Lippen. Ihre dünne Jacke reichte bei Weitem nicht, um sie zu wärmen. Es tat Liam im Herzen weh, sie so zusehen, er wollte ihr unbedingt helfen. Sofort. Und als Schicksal hatte er auch die Macht dazu. Liam brachte sie persönlich ins Krankenhaus, und sorgte dafür, dass sie gründlich untersucht wird. Mit ein bisschen Schicksalsmagie sorgte er dafür, dass in den Akten stand, er wäre ihr Vater.

»Doktor, meine Tochter ist vor ein paar Wochen abgehauen, und konnte sich nicht mehr an den Weg nachhause erinnern. Ich hab sie wieder gefunden. Und ich glaube, sie ist wirklich krank.«, er sah dem Arzt tief in die Augen und brachte ihm dazu, Debbie sofort zu untersuchen.

Debbie wusste erst gar nicht, wie sie reagieren sollte, aber sie war erstmal dankbar dafür, dass sie einen warmen Platz hatte und ein Bett. Der Arzt untersuchte sie und erklärte Liam, dass sie eine heftige Lungenentzündung hatte, und dringend Antibiotika benötigt. Liam erklärte den Arzt, er sollte alles tun, was nötig ist, damit sie wieder gesund wurde. Er trug alle Kosten. Liam füllte die Anmeldung aus und bezahlte alles im Voraus. Die ganze Nacht blieb er bei ihr und hielt ihre Hand. Langsam bekam sie wieder Farbe im Gesicht. Ihr Fieber sank langsam. Vor Liams Augen änderte sich ihre Zukunft.

Sie überlebt den Winter und den Frühling. Eine Sache fehlt aber noch, und dafür werde ich sorgen.

Zuvor rief er beim Jugendamt an, und meldete sie. Er erklärte dem Amt, was passiert war, und sie suchten dringend eine Pflegefamilie für Debbie. Sie sollte es gut haben auch in Zukunft. Er verabschiedete sich von Debbie und versprach ihr, dass zukünftig alles besser werden würde.

4 Beth

Liam brauchte keinen Schlaf und daher war er auch nicht müde, als er am nächsten Morgen nach seinem Frühstück suchte. Bei einem Bäcker kaufte er sich ein belegtes Brötchen und einen Becher Kaffee. Er setzte sich auf einen leeren Platz und beobachtete weiter die Menschen um sich herum. Eine Frau fiel ihm besonders auf. Sie trug teuere Highheels und einen Pelzmantel. Ihr Gesicht verdeckte sie unter einer dunklen Sonnenbrille.

Das arme Tier.

»Beeilen sie sich schon. Ich hab nicht ewig Zeit«, nörgelte sie rum.

»Bitte sehr. Miss Banner«, meinte die Angestellte und überreichte ihr einen Becher Kaffee.

Ah Beth Banner. Mit ihr meinte ich es bisher immer gut. Mal sehen, was sie aus ihrem Leben gemacht hat, mit ihren Chancen.

Liam folgte ihr unauffällig, und wenn es sein musste, machte er sich unsichtbar. Er setzte sich unsichtbar in ihr Auto, und beobachtete, wie sie telefonierte. Immer wieder sah sie in ihren Spiegel und legte Lippenstift und Make-up nach.

»Ja der alte, hat mir genug vermacht, dass ich mir ruhig etwas gönnen kann.«, meinte sie zu der Person am anderen Ende des Telefons. Liam runzelte die Stirn. Er fand es etwas frech, so von ihrem verstorbenen Ehemann zu reden.

Sie fuhr zu ihrer Villa und legte ihre Sachen ab. Liam folgte ihr weiterhin und staunte über ihren Lebensstil. Sie lebte auf Kosten ihres verstorbenen Mannes. Und rührte keinen Finger, alles mussten ihre Angestellten für sie tun.

Es scheint bisher gut zu laufen für Beth.

Ein Mann kam aus dem Nebenzimmer und umarmte Beth von hinten. Er küsste sie am Hals und leidenschaftlich auf den Mund.

Ihr Mann Viktor war erst vor sechs Monaten gestorben, und sie hatte schon jemand neuen. Liam war entsetzt, wie schnell es doch ging. Sie schien überhaupt nicht zu trauern. Hatte sie denn gar keinen Anstand?

»Zum Glück sind wir den alten Sack los.«, meinte der Mann. »Jetzt hab ich dich ganz für mich alleine, ohne teure Scheidung«,der Mann lachte.

»Ja dank dir Charles. Zum Glück bist du Arzt«, meinte Beth und lachte mit ihm.

Moment mal. Was geht denn hier vor? Das hört sich ja nach einer Verschwörung an.

Liam traute seinen Ohren nicht. Beth nutzte diesen Arzt, um an das gesamte Vermögen ihres Mannes zu kommen. Natürlich sollte es Beth gut haben, und mit der Heirat ihres Mannes sollte sie ausgesorgt haben. Aber ihm zu töten war nicht Plan des Schicksals. Liam kam zu dem Schluss, dass es böse Menschen gab, die mit ihrem Schicksal spielten. Doch jetzt, wo er wusste, was Beth für ein Mensch war. Würde sich das Schicksal für sie ändern. Er belauschte die beiden eine Weile, um mehr zu erfahren.

»Ich hoffe, du hast das Fläschchen mit dem Gift gut versteckt, Charles.«, deutete Beth an.

»Natürlich meine Liebste. Dort wo keiner es je finden wird. Bei mir zuhause. Und solange, niemand ahnt, woran dein Mann gestorben ist, wird es auch keiner finden.«

Gift? Das geht zu weit. Das war Mord. Das darf nicht unbestraft bleiben.

Liam verschwand aus Beth´s Haus, und überlegte sich einen Plan. Sie sollten nicht ungestraft davon kommen. Mit seiner Macht änderte er die geplante Zukunft der beiden. Er rief anonym bei der Polizei an und gab ihnen einen Tipp, wo sie suchen sollten. Mit einem Durchsuchungsbefehl durchsuchten sie schließlich Charles Haus und fanden das Fläschchen in seinem Nachttisch. Beth und Charles waren anwesend und wurden festgenommen. Die Polizei sah sofort den Zusammenhang vor Ort. Beide hatten eine Affäre und wollten an das

Geld von Jonathan Banner, durch den Mord standen ihnen alle Türen offen. Bis jetzt.

Liam beobachtete alles aus einem sicheren Abstand heraus und war zufrieden. Alles lief wieder, so wie es sein sollte.

Das Leben auf der Erde gefiel ihm. Er hatte noch nicht genug gesehen und erlebt.

5 Matt und Linette

Liam ging immer weiter in die Stadt hinein. Es war Winter und Weihnachten stand vor der Tür. Überall war es weihnachtlich geschmückt und wie die kleinen Kinder staunte auch Liam über die vielen Lichter des New Yorker Weihnachtsbaums. Seine Lichter funkelten im Licht der Nacht, wie Sterne. Marktstände ließen seine Augen leuchten, er hätte nie gedacht, dass es auf der Erde so viele bewundernswerte Dinge gäbe.

Der Duft von Räucherstäbchen stieg in seine Nase und ließ ihm kurz husten. An einem Lebkuchenstand kam er nicht vorbei, ohne einen Lebkuchen zu probieren. Nach dem er einen gegessen hatte, kaufte er noch fünf Weitere und nahm sie mit. Liam folgte den Verlauf der Straße, der zum Riesenrad führte. Der große runde leuchtende Kreis, ließ ihn mit aufgerissenen erstaunten Blick stehen.

Als er sah, dass man sich hineinsetzen konnte, wollte er es auch probieren. Er buchte sich eine Fahrt und setzte sich rein. Als er langsam immer höher fuhr, merkte er, wie es immer mehr kribbelte in seinem Bauch. Ängstlich sah er runter und fand, er sollte lieber geradeaus gucken, und sich über den Ausblick erfreuen. New York erstrahlte vor ihm mit seinem nächtlichen Glanz. Unten wieder angekommen, war er froh, festen

Boden unter den Füßen zu haben. Ein wenig flau im Magen aber voller Glückshormone, sah er sich die glücklichen Menschen auf den Markt an. Niemand schien Probleme zu haben.

Liam beobachtete ein älteres Paar, das händchenhaltend über den Weihnachtsmarkt ging, und lächelnd die Kinder ansah, die um das Karussell herumliefen.

»Wie schade, dass wir unsere Enkel nicht sehen können. Sie hätten bestimmt auch viel Spaß hier«, meinte die ältere Frau nachdenklich.

»Mach dir keine Gedanken Linette. Collin wollte es so«, sagte ihr Mann und richtete seine Brille zurecht. Sie setzten sich auf die Bank neben Liam und er lauschte ihrer Geschichte, während er ihre Zukunft sah.

In paar Jahren sterben sie alleine. Ihre Kinder stehen an ihren Gräbern, und bereuen den großen Streit mit ihnen. Die Enkelkinder haben sie nie kennengelernt.

Die Geschichte war traurig. Sie stritten sich über eine Entscheidung ihrer Kinder. Sie zogen viele Meilen weit weg, und besuchten sie nie. Die beiden hatten etwas dagegen, dass Collin so weit wegzog, nur wegen seiner Frau und der Arbeit. Dann erfuhren sie zufällig von der Geburt der beiden Kinder, die sie nie kennenlernen durften, weil Collins Frau Eva etwas dagegen hatte.

Collin war das größte Glück, was die beiden hatten. Nach vielen Fehlgeburten wurde ihnen endlich ein Kind geschenkt. Und ihr einziges Kind redete nicht mehr mit ihnen. Es brach den beiden ihr altes Herz. Liams Mitgefühl wuchs mit jeder Geschichte, die er hörte mehr. Doch bei den beiden wusste er nicht genau, wie er ihnen helfen sollte. Natürlich wäre das Einfachste gewesen, dem Sohn seinen Fehler klar zu machen. Doch der Mensch hatte immer noch seinen eigenen Willen. Nur mit Collin zu reden, würde nichts nutzen. Liam überlegte immer noch, während die beiden schon längst nachhause gingen.

Als Schicksal musste es doch eine Möglichkeit geben, das ganze zu ändern. Einen Verbrecher zu überführen oder einem Mädchen ein Zuhause zugeben war eine Sache, aber eine Familie zusammen zuführen eine andere. Liam wollte alle an einem Tisch haben. Sie sollten sich aussprechen und vergeben.

Collin war ein angesehener Geschäftsmann und sein Chef war selbst ein Familienmensch. Liam wusste, was er tun musste. Er sprach persönlich mit seinem Chef und erklärte ihm, dass Collin von seiner Firma, die er sich ausdachte, eingeladen wurde mit seiner Familie Weihnachten in New York zu feiern. Es sei für alles gesorgt, aber er müsste mit der ganzen Familie kommen. Liam sorgte für Hotelzimmer und Kinderbetreuung, alles sollte so aussehen, als wäre es ein Geschenk eines Sponsors.

Linette und Matt bekamen, für das gleiche Hotel einen Wellnessgutschein für die gleiche Zeit. Sie nahmen alle das überraschende Geschenk an und waren, ohne es zu wissen, im gleichen Hotel. Und da es keine Zufälle gibt, sorgte Liam für eine große Überraschung im Restaurant.

Alle Tischen waren besetzt, bis auf ein großer Tisch mit sechs Stühlen.

»Es tut mir leid, aber es ist nur dieser Tisch frei. Es ist Weihnachten, vielleicht möchten sie aber mit den netten Leuten dort am Tisch zusammen sitzen?«, fragte die von Liam eingeweihte Angestellte. Von Weitem erkannte Collin nicht, mit wem er am Tisch sitzen würde, und war einverstanden. Als er näher kam, erkannte er seine Eltern wieder.

»Mum? Dad? Was macht ihr denn hier?«, fragte er verwundert.

»Collin? Oh mein Gott Collin. Du bist es wirklich.«, Linette stand weinend auf und umarmte ihren Sohn.

»Daddy sind das Oma und Opa?«, fragte Collins sechsjährige Tochter Lynn. Collin sah seine Eltern lächelnd an und nickte seiner Tochter zu.

»Ja Süße, das sind Oma und Opa.«,

Lynn sprang ihrer Oma auf den Arm und erzählte ihr viele Geschichten. Collin und seine Frau setzten sich und warfen sich verständnisvolle Blicke zu.

»Es scheint ganz so, als wollte das Schicksal, dass wir Weihnachten zusammen verbringen.«, meinte Matt lachend.

Ja das stimmt, das wollte ich.

6 Der Trucker

Es war schwer, für Liam zu sehen, dass er vielen Menschen, die ein freudiges Schicksal verdienten, eine unschöne Zukunft vermachte. Doch jeder Mensch hatte einen freien Willen. Er bereitete nur den Weg, was sie daraus machten, lag letztendlich bei ihnen. Collin bereitete er den Weg, damit er eine Familie hatte, und erfolgreich war. Linette und Matt's Schicksal war es endlich ein Kind zu bekommen. Alles erfüllte sich, doch sie wurden letztendlich alleine nicht glücklich, weil sie sich stritten. Also musste Liam nachhelfen. Shawnas Schicksal war zu diesem Zeitpunkt noch nicht erfüllt. Sie erwartete ein Neues. Auch

Debbie's Schicksal hatte er geändert. Er wusste, dass jedes Schicksal miteinander verknüpft war. Und er hatte einen Plan. Um Debbie's und Shawna's Schicksal zu erfüllen brauchte es noch etwas Zeit und Vorbereitung. Noch genoss er das Leben als Mensch unterwegs.

Liam hörte sich noch einige Geschichten in New York an und dann zog es ihn weiter hinaus. Es gab so viele Städte, die er sehen wollte. Natürlich hätte er sich hin teleportieren können, doch das hatte keinen Reiz für ihn. Er fuhr mit dem Zug oder per Anhalter weiter. Diesmal war er per Anhalter auf dem Weg in die nächste Stadt auf einem Highway. Eine Weile lief er, ohne mitgenommen zu werden, und schaute sich die Gegend einfach genauer an. Als Liam weiter wollte, hielt er den Daumen raus und wartete, dass jemand anhielt. Hinter ihm hupte ein großer roter Truck und fuhr rechts ran.

»Hey Fremder, wohin soll es denn gehen?«, fragte der Fahrer. Er trug ein kariertes Holzfällerhemd, eine Sonnenbrille und ein Basecap der Chicagobulls.

»Einfach in die nächste Stadt«, antwortete Liam lächelnd.

»Dann hopp rein. Ich nehm sie mit, es ist kalt draußen«, sagte er und stellte sich als Robert vor. Liam wusste, dass er nur bis in die Stadt mitfahren würde, denn er kannte sein Schicksal in den Moment, als er seinen Namen hörte. Doch dieses

Mal würde er nicht eingreifen, denn was ihm passierte, musste passieren.

Liam fuhr bis zu nächsten Stadt, wie geplant mit, dann stieg er als Mensch aus und blieb als Geist bei ihm. Hundert Meilen weiter, nickte Robert plötzlich ein, nur für ein paar Sekunden und fuhr in eine Leitplanke. Liam saß als Geist neben ihn und sah zu. Er war sofort tot. Die Straße wurde kurz danach abgesperrt.

Es tut mir leid für deine Familie. Aber jemand anders kann dank dir weiter leben.

Robert war Organspender, deshalb konnte seine Niere einem kleinen Mädchen in Oklahoma gespendet werden. Sie hatte nur noch ein paar

Monate zu leben, sonst wäre sie an Nierenversagen gestorben. Ihre Eltern wollten wissen, wer der Spender war, und nach ein paar Recherchen bekamen, sie die Adresse von Roberts Familie. Sie bedankten sich persönlich und sprachen ihr Beileid aus. Die Kinder befreundeten sich untereinander und Roberts Frau lebte mit dem Wissen weiter, da er einem kleinen Mädchen das Leben gerettet hatte, und in ihr ein Stück von ihm weiter leben konnte. Für seine Familie war gesorgt, er hatte vorher eine Lebensversicherung abgeschlossen, und sein Chef kümmerte sich regelmäßig um die Familie, damit ihnen an nichts fehlte.

7 Das Wunder der Geburt

Liam hatte den Tod kennengelernt, die Freude und das Beisammensein mit der Familie. Was er noch nicht erlebt hatte, war eine Geburt. Der Beginn der Zukunft eines Menschen, dessen Weg und Geschichte erst stattfinden sollte. Da er eigentlich für das Schicksal und die Zukunft zuständig war, waren vorerst, alle auf sich gestellt. Liam würde schon bald erfahren, wie eine Geburt abläuft.

An einer Bushaltestelle saß eine hochschwangere Frau und wartete mit ein paar anderen Leuten auf den Bus. Sie lächelte ihn gequält an, denn die letzten Wochen der Schwangerschaft waren wirklich anstrengend. Auf ihrer Stirn zeichneten sich Schweißperlen ab und sie machte den Eindruck, dass sie nicht wusste, wie sie sitzen sollte.

Als sie plötzlich aufstöhnte, sahen sie alle verstört an.

»Oh Scheiße. Ich glaub, es geht los.«, fluchte sie und atmete schwer. Liam war von dieser Erfahrung überrascht, und wusste gar nicht, wie er reagieren sollte. Die Frau versuchte, ihre Wehen zu veratmen. Ein Mann rief einen Krankenwagen, doch es würde noch dauern bei dem Stadtverkehr, bis er ankommen würde. Geistesgegenwärtig sorgte Liam dafür, dass die Frau es bequem hatte und sich erstmal hinlegen konnte. Er breitete eine Decke auf den Boden aus, die er in seinem

Rucksack dabei hatte, den er sich besorgt hatte.

»Wie ist ihr Name?«, fragte Liam, um sie abzulenken.

»Christa«, meinte sie und kniff vor Schmerzen die Augen zu.

»Okay Christa, schön weiter atmen. Konzentrieren sie sich auf meine Stimme. Denken sie an etwas Schönes. An ihren Mann, wie sie ihm kennengelernt haben.«, meinte er.

»Der Mistkerl ist abgehauen.«, sagte sie sauer und schrie eine Wehe raus.

»Er wird wieder kommen. Dann können sie ihn ihre Meinung sagen.«, das sagte er, ohne nachzudenken.

Das hätte ich nicht laut sagen dürfen. Egal. Die Frau bekommt ein Kind.

»Woher wolle sie das wissen?«, fragte sie verwundert, als die Wehe nachließ.

»Ich weiß es einfach. Er wird doch wohl sein Kind aufwachsen sehen wollen?«, meinte er. Christa schrie laut, als eine heftige Wehe sie überrollte.

»Ahh. Es drückt so schrecklich. Es kommt gleich.«, rief sie.

Liam hatte keine Zeit mehr, um zu überlegen, und handelte einfach. Er half ihr die Hose auszuziehen und gab ihr Anweisungen.

»Also gut Christa. Ich kann das Köpfchen wirklich schon sehen.«, er lächelte sie an, um sie zu beruhigen. »Es ist bald soweit und sie halten ihr

Baby in den Armen. Bei der nächste Wehe pressen sie mal kräftig.«

Die Wehe ließ nicht lange auf sich warten und Christa presste los.

»Atmen, Atmen. Und gleich noch mal. Ein kleines Stückchen noch.«

Die Leute um sie herum staunten, dass es Liam so leicht fiel. Aber die Wahrheit war, er hatte große Angst. Babygeschrei ließ alle aufatmen. Dem kleinen frischgeborenen Erdenbürger ging es gut, genau wie der Mama. Liam war völlig fertig und erleichtert, als endlich der Krankenwagen kam, und für ihn übernahm. Christa bedankte sich bei ihm und verriet ihm, wie sie ihre Tochter nennen würde.

»Ich nenne sie Destiny. Denn das Schicksal hat mir eine helfende Hand geschickt, damit es schaffe, die kleine auf die Welt zu bringen.«, meinte sie. Welch Ironie, da doch das Schicksal persönlich das Kind auf die Welt gebracht hatte.

Liam stieg in den nächsten Bus Richtung Wisconsin.

8 Die große Liebe

In Wisconsin hielt Liam an einem Star Bucks an um einen Kaffee zu trinken und sich die Leute anzusehen. Kaffee schmeckte ihn inzwischen gut. Dabei beobachtete er einen der Mitarbeiter, ein junger Kerl kaum älter als 16, wie er ein junges Mädchen anstarrte, als wäre sie ein Engel. Liam erkannte, worum es bei den beiden ging und fasste sich an den Kopf.

Teenager, das größte Problem der Menschheit. Warum geht er nicht einfach zu ihr hin und fragt sie nach einem Date?

Das Interessante für Liam war, dass das die beiden füreinander bestimmt waren. Aber es zu diesem Zeitpunkt nicht ahnten. Liam fand es witzig, zu sehen, wie es sich entwickelte. Keiner würde denken, dass dieses junge Mädchen, unscheinbar und schüchtern, und immer vertieft in ihre Bücher, eines Tages den Mann hinter den Tresen heiraten würde. Jeden Tag beobachtete er sie und lächelte sie schüchtern an. In ihrem Kaffee malte er mit Schaum und Karamell ein Herz und hoffte, dass sie es bemerkte. Es würde eine ganze Weile dauern, bis die beiden zusammen kommen würden. Caylie war ihr Name und er hieß Peter. Sie kannten sich seit dem Kindergarten, doch sie bemerkte ihm kaum.

Liam belächelte die Situation und half ein kleines bisschen nach. Mit einem Schnipsen ließ er Peter die Bestellung fallen lassen, die er hinstellen wollten, und erreichte damit, dass Caylie aufsah und ihn ansah. Sie hatte Mitleid mit ihn und lächelte ihn an. Peter wurde rot und zuckte mit den Schultern.

Damit hätten wir den Anfang. Sie hat ihn wahrgenommen.

Peter war auch ohne Liams Hilfe tollpatschig. Immer wieder ließ was fallen. Liam ging noch einmal zum Tresen und sprach Peter an.

»Du solltest es ihr sagen«, meinte er und sah zu Caylie rüber.

»Was meinen sie?«, fragte Peter, während er den nächsten Coffee- to -Go vorbereitete.

»Ich meine Caylie und dich. Frag sie nach einem Date.«, meinte Liam.

»Woher wissen das?«, fragte Peter verwundert. Liam meinte, dass ein Blinder mit einem Krückstock das sehen konnte.

»Für sie ist das vielleicht offensichtlich«, meinte Peter. »Aber nicht für Caylie«. Liam nickte ihm verständnisvoll zu.

»Nur weil sie ihren Kopf im Buch hat. Liest du vielleicht selbst auch gerne?«, fragte er wohlwissend nach.

»Klar, das Buch was sie in der Hand hat, hab ich schon durch«, erwiderte Peter. Liam überzeugte ihn, zu ihr zu gehen und sich mit ihr über das Buch zu unterhalten und so eine Freundschaft aufzubauen. Peter fasste sich ein Herz und in seiner Pause ging er zu ihr. Liam sah vor seinem inneren Auge, wie ihre Zukunft schon eher begann. Das Ende war trotzdem das gleiche. Zufrieden ging er aus dem Laden und spazierte weiter. Auf der Suche nach neuen Abenteuer. Auf dem Weg hörte er, wie zwei Menschen miteinander stritten.

»Du kannst deine Sachen da unten aufsammeln und dich verpissen.«, rief eine Frau aus dem Fenster und warf Sachen herunter. Ihr südländisches Temperament würzte den Streit noch mehr. Streit war etwas, das ihm noch nicht begegnet war auf seiner Reise. Er sah den beiden interessiert zu. Ihr Mann versuchte sie zu beschwichtigen.

»Ich hab doch nichts getan.«, rief er ihr zu.

»Nichts nennst du es also, wenn du mit der Nutte von Nachbarin rumknutschen tust.«, schrie zurück. Da war ganz schön was los. Aber die Stimmungen der beiden amüsierte Liam. Eine Frau, die ihren Mann beim Fremdgehen erwischt hatte, und er leugnete es nach wie vor. Das Schicksal der beiden hatte sich somit erfüllt. Beide würden jemand anderen finden und sich nie wieder über den Weg laufen, da er wegzog. So fing eine Liebe an und die andere endete.

9 Der Plan

Liam war nicht ohne Grund in Wisconsin. Hier lebte der Chef von Collin. Paul gehörte zu Liams Plan, Shawnas Schicksal zu ändern. Er musste dafür sorgen, dass Paul nach New York fuhr, und zwar genau zu richtigen Zeit, damit er Shawna kennenlernen konnte. Denn Liams Plan war es, die beiden zusammen zu bringen, er war perfekt für sie. Und sein Plan ging noch weiter. Aber zunächst kam das Familientreffen in New York. Pauls Familie lebte in New York und sie hielten jedes Jahr ein Treffen ab in einem Hotel.

Liam blieb in Pauls Nähe, damit nichts schief gehen konnte auf den Weg nach New York. Er musste auf jeden Fall pünktlich ankommen. Davon hing das Leben einiger Menschen ab, denen alleine Paul das Leben retten würde.

Alles ging gut, und er checkte ins Hotel ein. Wie immer fuhr er vor dem großen Treffen noch in die Stadt einkaufen und wie es das Schicksal so wollte, in diesem speziellen Fall, war es Liam selbst, war Paul in dem Laden einkaufen, wo auch gerade Shawna einkaufte. Shawna kaufte wie immer viel zu viel und war wieder vollgepackt auf dem Weg zu ihrem Fahrrad. Wenn Liam nicht da gewesen wäre, hätte sie nichts fallen gelassen und sie wäre Paul nicht aufgefallen. Aber so sorgte er dafür, dass ihre Tüte aufriss und alles vor ihren Füßen verteilt war. Sie fluchte, dass heute alles schief gehen würde, aber dann sah sie, wie sich jemand neben ihr hinhockte und ihr half alles aufzuheben.

»Ich helfe ihnen. Ich hab eine Reservetüte mit.«, er lächelte sie an und half ihr alles einzupacken. Sie wussten es noch nicht, aber sie hatten eine tolle Zukunft vor sich.

Der Anfang wäre gemacht.

Liam war zufrieden. Der Rest entwickelte sich ganz von alleine. Paul half ihr alles nachhause zu tragen und lernte ihr bescheidenes Leben mit ihrer kranken Mutter kennen. Er war so beeindruckt, davon wie sie sich aufopferte, um ihr zu helfen, dass er sie näher kennenlernen wollte. Und weil er sie nicht leiden sehen konnte, entschloss er sich, die Rechnungen für das Krankenhaus samt Behandlung und Operation zu übernehmen. Die beiden verliebten sich ineinander und heirateten schon bald.

Shawnas Mutter überstand zum Glück die Behandlung und wurde wieder gesund. Da Shawna keine Kinder bekommen konnte, aber beide ein Kind wollten, beschlossen sie eins zu adoptieren. Und da kam wieder Liam ins Spiel, denn sein Plan war noch nicht ganz am Ende.

Paul und Shawna lernten einige Kinder kennen, so zum Beispiel auch Debbie. Sie hörten von ihrer Geschichte und fanden, dass sie genau das richtige Kind wäre, dem sie ein neues liebevolles zuhause geben wollten. Debbie selbst fühlte sich sehr wohl bei ihnen, und machte sich sogar gut in der Schule. Nichts sprach mehr gegen eine positive Zukunft für die drei.

Ohne Liams Eingriff und Veränderung, wäre Debbie nicht mehr Leben und Shawnas Mutter eben so nicht mehr.

10 Julie

Jetzt hatte Liam einiges erlebt und viele Leben verändert. Ihm war nie klar gewesen, wie es wäre ein Mensch zu sein und all diese Gefühle zu fühlen. Ihm war auch nicht klar, was es für die Menschen hieß, wenn er sich für einen Weg entschlossen hatte.

Er saß bei Sonnenuntergang auf einer Bank und bestaunte die Schönheit der Natur. Wie Vögel sich auf dem Weg in ihr Nest machten, Menschen eilig nachhause rannten und fuhren. Liam dachte über all das nach. Da spürte er ein Regentropfen auf seiner Nase und sah nach oben.

Ich muss bald zurückkehren.

Der Regen wurde stärker und Liam war schon ganz durchnässt.

»Wollen sie nicht nachhause gehen?«, erklang eine engelsgleiche weibliche Stimme neben ihn. Er sah sie an und erkannte eine junge Frau mit blonden Haaren. Sie lächelte ihn unter einem Regenschirm an.

Nachhause? Eine seltsame Frage an das Schicksal.

»Ich bin auf Durchreise und hab keinen Schlafplatz gefunden heute.«, erklärte er. Da er nie müde wurde, schlief er genau genommen gar nicht, und wanderte nachts nur umher. Doch umso länger er Mensch war, desto mehr verspürte er doch eine Müdigkeit.

»Ich kenne sie zwar nicht, aber ich hab ein Gästezimmer. Sie könnten bei mir übernachten.«, sagte sie. Liam bewunderte ihren Mut, einen Fremden aufzunehmen und ihre Freundlichkeit. Er ging mit ihr und wehrte sich diesmal dagegen ihr Schicksal zu erkennen. Er wollte einfach nur normal sein, wie ein Mensch eben.

»Setzen sie sich ruhig. Ich mach ihnen einen Kaffee zum Aufwärmen. Und ich hab noch etwas Suppe von heute Mittag«, meinte sie. Liam war dankbar, es warm zu haben. Ihr Name war Julie, und eigentlich wüsste Liam nun, was ihre Zukunft bringt, aber er wollte sie diesmal nicht wissen. Julie strahlte etwas Fürsorgliches aus. Und er wollte auf keinen Fall eine mögliche tragische Zukunft sehen.

»Wo kommen sie denn eigentlich her?«, fragte sie neugierig.

»Von weiter weg. Ich reise viel, und hab kein wirkliches Zuhause.«, erklärte Liam und trank seinen Kaffee. Er war es nicht gewohnt, dass man ihn befragte. Julie setzte sich zu ihn an den Tisch und sah ihn an. Er sah traurig aus, fand sie. Nachdenklich traf es eher.

»Ich zeig ihnen mal ihr Zimmer. Dann können sie sich hinlegen. Sie sehen etwas müde aus.«, meinte sie.

Sein Zimmer war gemütlich eingerichtet. Ein Sessel, ein bequemes Bett und eine Kommode. Gedanklich war Liam etwas abwesend, aber er bedankte sich und setzte sich auf das Bett.

»Na dann gute Nacht«,sie lächelte ihm zu und schloss die Tür. Das war das erste Mal, dass Liam auf einem Bett saß. Er legte sich hin und schlief zum ersten Mal in seinem Dasein als Mensch ein. Es fühlte sich entspannend an, einfach mal an nichts zu denken.

Am nächsten Morgen wachte er mit einem klaren Kopf auch. In der Küche erwartete ihn Julie mit Frühstück. Es hatte etwas Heimatliches an sich, sie in der Küche zu sehen, wie sie Essen machte. Er war zufrieden damit, einen Menschen, um sich zu haben, dessen Zukunft er nicht kannte. Liam sah sie lächelnd an.

»Hätten sie etwas dagegen, wenn ich noch ein paar Tage bleibe. Ich würde mir gerne die Stadt näher ansehen, bevor ich wieder gehe.«, fragte er nach. In Wahrheit wollte er Julie näher kennenlernen.

»Oh. Na klar, ist kein Problem. Ich geh nachher auf den Markt in die Stadt. Sie können mich ja begleiten.«, schlug sie vor.

»Klingt toll«, erwiderte Liam.

Julie packte ihre Tasche und ihre Jacke und sie fuhren auf den Markt. Ihr bezauberndes Lächeln, welches Liam bei der Autofahrt beobachtete, weckte unbekannte Gefühle in ihm. Ein leichtes Kribbeln im Bauch machte sich breit.

Das fühlt sich komisch an. Aber gut.

Sie sahen sich das Obst und Gemüse an, und Liam sah gespannt zu, wie Julie das Gemüse testete und roch.

»Riechen sie mal. So müssen gute Tomaten riechen.«, meinte sie und hielt ihm eine saftige Tomate hin. Er roch dran und empfand den Geruch als sehr angenehm.

»Riecht wirklich gut«, er lächelte sie an. Das Kribbeln wurde mehr.

Oh, was ist das nur?

»Lassen sie uns was essen gehen, ich hab Hunger.«, meinte Julie und zog ihm in die Richtung eines Bistros. Sie strahlte ihn an und das steckte Liam wiederum an. Sie war eine so herzliche Frau. Liam genoss ihre Gegenwart immer mehr.

Sie verbrachten ein paar Tage zusammen in der Stadt und gingen dann Abendessen zusammen. Inzwischen waren sie beim DU angekommen und verstanden sich gut. Dieses Kribbeln in seinem Bauch war inzwischen so gewaltig, dass er fast dachte, er wäre krank, doch es tauchte nur auf, wenn er in Julies Nähe war oder an sie dachte. Beim Abendessen sah er ihr in die Augen und sie kamen sich näher. Auch Julie hatte dieses Kribbeln im Bauch und verspürte das Verlangen Liam zu küssen. Ihre Lippen trafen sich und das Kribbeln in seinem Bauch explodierte förmlich in ihn. Liam wusste gar nicht, wie ihm geschah, aber genau dieser Kuss war es, der sein Herz schneller schlagen ließ. Er fühlte sich, wie zuhause als er sie küsste. Als wäre es alles was er brauchte und alles, was er wollte. Er war völlig überwältigt von diesem Gefühl. Die ganze Zeit dachte er, er wäre krank. Aber seine Heilung war genau vor ihm. Er hatte sich in Julie verliebt.

Liebe. Welch starkes Gefühl und so belebend. Ich möchte plötzlich gar nicht mehr zurück und nur in ihrer Nähe sein.

Aus Tagen wurden Wochen, und eigentlich hätte Liam längst zurück sein müssen. Die Menschen wussten sonst gar nicht, welchen Weg sie einschlagen sollten. Liam hatte aber kein Verlangen danach zurück zukehren. Als Julie aber krank wurde, überkam ihm die Sorge, dass es etwas nicht mit ihr stimmte. Nach mehren Untersuchungen stand dann auch die Diagnose fest. Julie war unheilbar an Krebs erkrankt. Wenn Liam ihr Schicksal erkannt hätte, müsste er dieses Leid jetzt nicht mitansehen. Für ihre Erkrankung konnte er nichts, sagte sie ihm immer wieder, doch er wusste es besser. An ihrem Sterbebett, als sie immer schwächer wurde, wich er ihr nicht von der Seite.

»Ich danke dem Schicksal, dass ich dich vor meinem Tod noch kennenlernen durfte«, flüsterte Julie. Liam lächelte und war versucht ihr die Wahrheit zu sagen.

»Ich hab es gern getan.«, meinte er.

»Wie meinst du das?«, fragte sie.

»Ich... Ich bin kein normaler Mensch«, setzte er an. Julies Husten unterbrach ihn. »Ich bin das Schicksal«, sagte er und sah, wie sich die Augenglieder von Julie langsam für immer schlossen. Sein Herz brach in tausend kleine Stücke als sie starb, ein tiefer und grausamer Schmerz breitete sich in ihm aus.

Ich will diese Trauer nicht. Es tut so weh. Warum muss ich Menschen sterben lassen? Ich will nichts mehr fühlen. Ich muss zurück.

Als er dies zu ende gedacht hatte, liefen ihn die Tränen und er weinte bitterlich.

»Mach´s gut Julie. Es tut mir so leid. Ich hab dich wirklich geliebt.«, flüsterte er und gab der leblosen Julie einen Kuss auf ihre Lippen und löste sich dann wieder ins Nichts auf.

Als er wieder zurückkam, und die Welt von oben betrachtete, waren alle Gefühle verschwunden, die er eben noch hatte. Doch ein Gefühl blieb. Die Liebe. Die Liebe für die Menschen da draußen.

Er hatte monatelang wie ein Mensch gelebt und musste wieder sein, was er war. Das Schicksal.

Ende